TERRA SEM CHÃO

ALAN MINAS
TERRA SEM CHÃO

Principis

*Para Dani, Gael e Nina, que me apresentaram
uma terra com chão.*

Esta é uma publicação Principis, selo exclusivo da Ciranda Cultural
© 2024 Ciranda Cultural Editora e Distribuidora Ltda.

Texto
© Alan Minas

Produção editorial
Ciranda Cultural

Editora
Michele de Souza Barbosa

Diagramação
Linea Editora

Preparação
Fátima Couto

Design de capa
Daniel Justi

Revisão
Fernanda R. Braga Simon

Dados Internacionais de Catalogação na Publicação (CIP) de acordo com ISBD

M663t	Minas, Alan
	Terra sem chão / Alan Minas. - Jandira, SP : Principis, 2024.
	96 p.: 15,50cm x 22,60cm.
	ISBN: 978-65-5097-158-8
	1. Literatura brasileira. 2. Brasil. 3. Ficção. 4. Nordeste. 5. Reflexão. 6. Memórias. I. Título.
2024-1860	CDD 869.8
	CDU 821.134.3(81)

Elaborada por Lucio Feitosa - CRB-8/8803

Índice para catálogo sistemático:
1. Literatura brasileira 869.8
2. Literatura brasileira 821.134.3(81)

1ª edição em 2024
www.cirandacultural.com.br
Todos os direitos reservados.
Nenhuma parte desta publicação pode ser reproduzida, arquivada em sistema de busca ou transmitida por qualquer meio, seja ele eletrônico, fotocópia, gravação ou outros, sem prévia autorização do detentor dos direitos, e não pode circular encadernada ou encapada de maneira distinta daquela em que foi publicada, ou sem que as mesmas condições sejam impostas aos compradores subsequentes.

SUMÁRIO

O CANTO DO CAJUEIRO
7

MERGULHO EM MIM
20

UM LUGAR FAMILIAR
30

O DIA EM QUE VELINO INVENTOU O MAR
50

O LAMBARI, O CAPITÃO E A MENINA-D'ÁGUA
69

TERRA SEM CHÃO
86

O CANTO DO CAJUEIRO

    Era uma estrada com muitas saídas, mas sem retornos. Tinha a função de repartir o planeta. O mundo ficava para um lado, e o Sertão, para outro. Tive dúvida sobre qual parte era maior, onde eu cabia e onde eu sobrava. O velho carro sacolejava por causa dos constantes desníveis do caminho. Havia esquecido aquele percurso, mas reconheci seus buracos. Jurandir conduzia indiferente ao tórrido calor, ao sol que lhe bronzeava o braço apoiado à janela, moreno feito casca de mandioca, a contrastar com o outro, pálido como coalhada. No toca-fitas, o cassete desfiava uma lista de forrós, as mesmas músicas de vinte anos atrás. O Tempo mandava seus recados, tinha sua maneira de fazer a vida correr nas pernas do vento e de nos imergir em nossos esquecidos.

    O primeiro toque da sanfona me assoprou o peito – e também a memória. Lembrei que sabia aquela canção de cor. Arrasta-pé, São João, vozes coloridas. Tudo me veio à mente, feito uma pesca de arrastão do que se foi. E o que escapa dessa rede de lembranças, deixa de existir? Displicente, Jurandir mastigava os versos de Luiz Gonzaga, enquanto, vaidoso, dizia que namorou a sobrinha-neta da prima do velho sanfoneiro. E que o havia inspirado numa de suas famosas canções.

– Amargo qui nem jiló! Era de'ansim que me referia a Tõe Farpado, pai de Toinha Fulô, meu cacho no então. Eita, hómi brabo... era o diabo!, mas era um hómi bão. E o veio Gonzagão, ainda novo, vivia a sanfonear nos enche-buchos da cidade. E me ouvindo, aí, um dia, me arremedou nos elogios e copiou do meu dizer: "qui nem jiló", e lascou na música!

Ele aumentou o volume. Dizia-se um homem temente a Deus, que não se zangou pelo verso roubado, nem lhe ocorreu a ideia em reaver na justiça os merecidos direitos pela participação na composição. Era orgulhoso por ter feito a vida com o próprio suor e começou a desenrolar a fala típica de homem prático. Comentou que comprou uma casa para cada filho, a fim de lhes assegurar o futuro.

– O amanhã é coisa pra ontem!, que se agarra é pelos cornos! Não é afazer pra pessoa em fraqueza de gente, não!

Mas quando é o futuro? Como se garantir do que não se sabe? Guardei minhas perguntas para mim, poupei-me do seu discurso assertivo. Afirmou que eu tinha feito um bom negócio ao vender a terra, pois estava bastante desvalorizada, sobretudo por causa dos boatos que toda a gente sabia.

– A fazenda só vale o pó, mais nada! Fez foi bem, o moço, de se livrar daquele papa-ossos! Pense numa terra ressentida!, é aquela.

Aquele discurso de certezas começava a me incomodar, preferi me calar. Havia assinado a escritura e, como corretor, sua comissão já estava assegurada. Não havia necessidade de mais argumentações para me convencer do negócio. Apenas atendia ao meu pedido de favor, que me trouxesse às terras onde passei a infância, ao lugar onde as memórias do meu pai, e as minhas, estão enterradas. Ainda achando graça do próprio comentário, completou:

– É, seu moço, nem se pode chamar esse lugar de solo. O Sertão é um subsolo, isso sim!

Fechei os olhos e dissimulei dormir.

A casa estava em ruína. Janelas tombadas, cômodos destelhados, ladrilhos soltos. Sem pensar, limpei os pés. Compreendi, na minha atitude involuntária, que era o tempo presente que deixava à porta, a não contaminar o lugar que adentrava. Com suavidade, pisei na varanda, como se avançasse em um território sagrado.

Na sala, havia um enorme cupinzeiro, as paredes estavam carcomidas, com sua estrutura à mostra. Jurandir ficou junto do carro, a me observar com estranheza pela forma como atentava aos detalhes.

– *Se o moço carecer de... companhia...*

Acenei agradecendo a gentileza, mas queria estar sozinho, a ouvir meus silêncios. Ele deixou escapar um sorriso, parecia aliviado por eu ter declinado de sua cortesia:

– *Como quiser... Mas tome tento! A casa, de tão velha, pode desabar e lhe rachar o quengo!*

O quarto principal guardava algumas camadas de tintas e de histórias íntimas e distantes. Toquei em um prego fincado próximo à janela, e um olor de feltro surrado aflorou em mim, impregnou o ar. A imagem de meu pai a pendurar seu velho chapéu me veio à mente, mas logo se desfez.

No quarto onde minhas três irmãs dormiam, havia uma enorme teia de aranha. Lembro-me de que elas partiram de casa por *ajuda*. Duas, a ajudar na casa de gente rica, e a outra, a ajudar nas carências de um viúvo com o triplo da sua idade e dez vezes mais de safadezas. Avancei até o quarto que foi dos meus irmãos, recordei-me que também os vi sumindo um a um. O primeiro morreu de *assunto*; o outro, de *conversa;* e o terceiro, de *razão*. O primeiro se meteu em assunto de mulher casada. O outro, em conversa de alma sebosa, no leva e traz de muita mercadoria ilegal. E o terceiro, por teima de razão em uma disputa de bravezas. O restante partiu em revoada de filhos para as cidades grandes.

No corredor, maquinalmente, toquei na parede, onde tantas vezes me apoiei quando criança. A sensação dos meus dedos sobre a tinta descascada e fria fez emergir instantes que pensava ter apagado da memória. A parede ganhou lisura e cor. O ambiente se refez em luminosidade, e um forte cheiro de café invadiu o lugar. Avancei até a cozinha, onde encontrei o fogão a lenha ardendo com um bule a fumegar, as panelas areadas, meticulosamente alinhadas nas prateleiras, e um bolo de milho fatiado à mesa. Meu pai estava sentado à cabeceira. E, na outra ponta, um menino de onze anos, que me encarou sem demonstrar surpresa ao me ver. Ainda tínhamos o mesmo olhar.

Sem dizer uma só palavra, meu pai se levantou, pegou a enxada e a rabeca e saiu. O menino chamou por ele, sem ter resposta, e murmurou:

– *Pior que um pai mudo, é um pai calado.*

Olhou para mim como se me pedisse ajuda. Eu anuí com a cabeça, e fomos atrás de meu pai. No terreiro, nós o perdemos de vista, ele andava apressado, sem marcar o chão, mas sabíamos seu paradeiro.

Minha mãe morreu de *pausas*. Era uma mulher sem notas, como ela mesma dizia. Sabia poucas músicas de memória, mas inventava seu dizer num constante cantarolar. A semelhar os cantos de passarinhos, ou a imitar o marulhar das ondas do mar que nunca viu, enquanto caminhava na penumbra da casa quando os treze filhos se deitavam para dormir... Meu pai a acompanhava improvisando na rabeca. Não havia um só instante em que o canto e a rabeca não se encontrassem.

– *Seu pai é meu tom. Minha vida sem ele haveria de ser uma desafinação só!...*

– *É a rabeca que nos doma, sua mãe mais eu. Que em capricho de milagre, nos juntou nesse desencontro que é a vida...*

Certo dia, uma doença sangrou a boca de minha mãe, engrossando-lhe a garganta. Aos poucos, seus cantos foram interrompendo-se, as pausas ganharam cada vez mais presença. Nas últimas semanas de vida, aquela moléstia lhe selou a boca. As suas melodias passaram a ser compostas de silêncios. Minha mãe solfejava saudades. Não nos arredávamos do seu lado, obstinados a escutá-la, mesmo sendo aquilo que passamos a ouvir, o avesso do seu canto. Foi em uma manhã sem luz que uma pausa silenciou minha mãe para sempre. A sua partida foi um duro golpe para meu pai. Depois daquele dia, o mundo passou a não ter mais nada a lhe dizer, e, por isso, ele perdeu a vontade de derramar suas palavras no mundo. Mas se esqueceu de que o filho caçula de onze anos, a única pessoa com quem compartilhava a casa, também habitava aquele mesmo mundo.

Na trilha de terra seca, o menino seguia de cabeça baixa, a desfiar suas cismas:

– *Gente canta depois de morta? Pode alguém plantar saudade? E plantar gente? Já é trabalhoso pra mim entender coisa fácil, imagine essas, então! Não tenho jeito de atinar... Ocê sabe me explicar?*

Fiquei calado, as questões do menino sempre estiveram dentro de mim. Nunca encontrei respostas. Ele prosseguiu:

– *O pai pensa que a terra vai devolver a mãe, desembuchar seu canto de novo. Bestagem!... Foi desamor que lhe endoideceu, ou foi o desviver que aluou ele?*

– *Os dois sentimentos podem desfazer inteiramente uma pessoa.*

Vislumbramos o pai na lida, a arar a terra morta com a enxada. Sentamos a observá-lo. Apesar da intensa força com que sulcava o chão, o menino e eu tivemos a impressão de que acarinhava o solo. O pó que se desprendia do seu trabalho levantava uma nuvem amarelada, que cintilava por causa do sol forte. Era a poeira do passado que o envolvia. Limpou o suor da testa e empunhou a rabeca. Ajoelhou na terra, curvou-se a se aproximar das covas abertas e tocou seu instrumento, a entornar as notas musicais. Interrompeu a melodia e chegou para o lado, onde reproduziu a mesma ação, mas com outra sequência melódica. Repetiu aquele gesto por toda extensão que cavou. A poeira do passado embaçava nossos olhos, incomodava a mim e ao menino, que sussurrou:

– *Desde quando a terra tem ouvido?! Desde quando a terra canta?! Diacho...*

Meu pai cobriu com areia as notas musicais que semeou e deu seu cultivo por encerrado. Pegou a rabeca e a enxada e nos encarou, demonstrando que sabia da nossa presença a espreitá-lo por entre os arbustos. Um forte embaraço nos imobilizou. Ele passou por nós, sem nos dirigir o olhar, e se perdeu no meio do mato. Ficamos a observar seu insano plantio, que, para nós, só germinaria solidões.

Ao regressar à casa, encontrei Jurandir no carro, tentando desenroscar a fita cassete de dentro do toca-fitas.

– *Filho d'uma égua!*, mastigou justo no "reboco"...

Bebi muitos goles da água que trouxe, usei o resto para arrefecer minha cabeça.

– *Já falei que minha madrinha é filha de criação do primo do pai de Luiz Gonzaga? Ela que me apresentou pr'ele. Tava na casa dela, nós dois pertin de'ansim, ele e eu, igual nós aqui. Tava aperreado que só vendo!, com os versos entalados na aspiração, sem força nem pra sair nem pra entrar... Ô, dó! E niqui falei "todo tempo que eu tiver pra mim é pouco...", esbugalhou o zóio desse tamanho, e percebi que tava escrevendo na mente o que eu tinha acabado de dizer. Um tempo depois ouvi esse meu dito em "Numa sala de reboco".*

A diferença do bronzeado em sua pele mais uma vez me chamou atenção. Desconfiei de que não eram apenas seus braços, mas também as verdades, em Jurandir, mudavam de cor.

– *Juro meus dentes d'ouro que foi graças à minha pessoa que a música saiu de um jeito que fez o sucesso que fez!*

– *Jurandir, eu preciso ver algo... Você espera um pouco mais?*

– *Olhe... lhe confesso um porém: espero o quanto quiser, mas não me peça companhia. Desculpe minha frouxidão, mas como diz padre Jõe: "Em casa de malassombro, todo cagaço carece perdão".*

– *O que falam não passa de boato, Jurandir. Meu pai sempre foi um homem bom.*

– *Sei disso, sei muito bem disso. Quem sou eu pra discordar?! Mas, do jeito como ele se foi, a pessoa nunca se vai de verdade. Dizem que ainda ouvem a rabeca gritando seus arranhados pelo mato... Não sou eu que digo, livro de mim essa culpa: só traduzo o que o povo fala.*

Passaram-se semanas na minha memória, enquanto o menino e eu compartilhávamos, com a mudez de meu pai, a rotina da casa, e o dia a dia do seu plantio. Abria sulcos, empunhava a rabeca e semeava a terra com seus acordes. As rachaduras no chão constatavam uma terra sem vida, uma terra sem voz. Indiferente à nossa presença, insistia naquela excêntrica semeadura que tanto nos angustiava. Em uma manhã, tomei coragem e o enfrentei:

– *Pai, sei que não estou aqui, mas ainda assim quero te fazer uma pergunta.*

O menino se surpreendeu com minha ousadia, puxou-me pela camisa, tentando me impedir que prosseguisse. Meu pai interrompeu o que fazia e me encarou. Estremeci diante do seu olhar vago, mas não podia voltar atrás:

– *Quero te pedir uma única coisa: deite em mim uma palavra, só uma. Uma "bênção", pode ser, e mais nada! Depois disso, eu vou embora.* – Apontei para o menino, que, tímido, encurvou o peito em uma respiração travada. – *Diga para ele, diga para mim. Basta uma, uma palavrinha sequer! Olhe e nos veja e nos fale! É pedir muito?*

Seus olhos frios me atravessaram como se eu não existisse, foi a minha vez de calar. Pegou a rabeca e a enxada e se embrenhou no mato. Abatido, o menino fixou o olhar na terra, em seus buracos. Saí em disparada atrás de meu pai, porém, por mais que tenha tentado alcançá-lo, acabei perdendo-o de vista. Parei ofegante, um tempo depois o menino me alcançou, e eu comentei:

– *Ele é muito rápido, escapa da gente... Perdi ele de vista...*

– *Eu sei. Eu sei pr'onde foi.*

Encarei-o com um misto de alívio e apreensão. Ele se lembrava de acontecimentos que eu havia esquecido, de episódios que eu julgava nunca ter existido. Provavelmente, sabia de fatos que, em todos esses anos, eu fiz de tudo para esquecer.

Caminhamos pela estrada até uma mata de pequenos arbustos e galhos retorcidos, onde vislumbramos meu pai. Estava concentrado, ajoelhado e de olhos fechados, com o rosto próximo a uma planta seca. O menino me indagou se eu tinha conhecimento do que estava acontecendo. Eu não sabia. Ou talvez um dia soube e tenha decidido apagar da lembrança.

– *É a roça dele: as notas que brotaram. Ele acredita que as músicas que plantou desabrocharam. Acredita ouvir a mãe cantar, no veio desses ramos secos...*

– *Você já ouviu alguma vez?*

– *Nunquinha de nada.*

– *Fui embora sem ter escutado coisa nenhuma. Tentei, mas nunca consegui.*

– *Que ouvido falta pra mim?*

Essa pergunta seguiu sem resposta por toda a minha vida. O silêncio de meu pai sempre foi uma íntima floresta, onde eu sempre me perdi.

Há saudade que se dissipa com o tempo, como se o doce sopro do esquecimento a subtraísse da memória para não mais sofrermos. Enfraquecido pela idade, e tomado por outros cansaços, testemunhamos meu pai perder o vigor pouco a pouco. Mesmo debilitado, mantinha sua rotina na plantação de melodias. As notas musicais que desprendia da rabeca a semear os sulcos já não se alternavam, eram cada vez mais débeis. Com as mãos enrugadas e as unhas encardidas do vício de remexer a terra, de remexer o passado, acarinhava com delicadeza o chão depois de fechar as pequenas covas. E invariavelmente mantinha o hábito de se prostrar diante do plantio que germinava, a se deleitar com os cantos de minha mãe, que só ele ouvia.

Era madrugada, quando percebi um movimento na casa. Acendi o candeeiro e flagrei o menino a se levantar insone e, de maneira furtiva, pegar a rabeca de meu pai. Temi pelo que estava revendo:

– *O que você vai fazer?*
– *Cê sabe muito bem!*

Respondeu a me desafiar e saiu apressado.

– *Volta aqui, seu desmiolado! Vai se arrepender por isso!*

Fui atrás dele em meio à negritude da caatinga, sem saber que direção tomar. Em meu peito, algo me impingia a não desistir, precisava demovê-lo de tal atitude impensada. Apesar da certeza de que não poderia alterar o que fiz, de não poder recuperar do Tempo o que ele havia devorado, não hesitei em tentar. Vaguei até a exaustão e concluí que minha intenção era fugidia. É possível plantar músicas? E semear ressentimentos? Compreendi que era inútil negar o que me pertencia, distingui que realizei o pior plantio que alguém poderia ter feito.

Quando o menino regressou, indaguei onde estava a rabeca. Rancoroso, não me disse, alegou que não lhe restou alternativa quanto ao seu ato. Praguejei que ele sentiria remorso pelo resto da vida e segui insistindo:

– *Onde você a enterrou?*
– *Cê sabe muito bem!*
– *Não, não sei. Eu não me lembro! Diga onde foi, eu vou lá e a desenterro!*
– *Se ocê não lembra, talvez não precise mesmo recordar. A rabeca morreu!*

Argumentei que não era seu direito; o menino se aproximou de mim e disse:

– Assim, ele irá me ver e me ouvir. Ele se cegou por causa do doído que sente, e se enterrou ainda vivo. Quem sabe, sem a rabeca, o pai volte a viver?

Com o passar dos dias, acompanhamos meu pai a se exasperar pela ausência do seu instrumento, a deambular suas angústias por todo canto. Vagava pelo terreiro, revirava caixas e tonéis. Andava pelo plantio, na vã esperança de tê-la deixado em algum ponto do caminho. Sabíamos que a rabeca era o modo de plantar suas melodias, sem ela estava fadado a pausar as conversas com minha mãe. Até mesmo os juncos secos, por onde costumava ouvir seus cantos, se calaram. Algo se rompeu na comunicação entre eles. Pela segunda vez, meu pai perdeu a voz, e outros silêncios vieram nele morar. O que antes o fez calar o corpo passou a lhe calar a alma.

O sol estava a pino quando meu pai vestiu a melhor camisa, colocou-a por dentro da calça e penteou o cabelo com esmero. Resignados, o menino e eu nos entreolhamos. Descalçado de rumo, começou a divagar pelos cômodos da casa, feito se estivesse perdido dentro de si. Estava a ensaiar lonjuras, à procura de outro chão, quando, num ímpeto, tomou a direção da mata. O calor do Sertão não dava trégua, drenava nossas energias. Meu pai percorria trilhas que nunca havíamos pisado, o menino e eu estávamos desorientados em nosso próprio lugar. Era a mesma fazenda, e não era. Era o mesmo mundo, e não era. Sabíamos o que estava por acontecer e não podíamos demovê-lo da sua intenção. Uma brisa de esperança nos soprou a vontade de correr e interrompê-lo, guardá-lo em um abraço e voltar em sua companhia para nossa casa. Onde é a minha casa? Alguém pode viver em alguém? Quantas casas nós somos? Apesar do seu passo lento, foi-se distanciando ainda mais. Passamos a correr, tentando desviar dos galhos e espinhos que atravessavam nosso caminho, mas que inevitavelmente nos marcavam. E, apesar da sofreguidão com que nos deslocávamos, ele se afastava mais e mais. Seus passos espalhavam distâncias por onde pisava.

Terra sem chão

Para nosso espanto, nós o ouvimos. Era a sua voz que, depois de tanto ansiarmos, finalmente chegava até nós. A valsa que ele cantarolava distante soou próxima e nítida, mas logo se dissipou. Continuamos a correr, e mais uma vez a sua voz nos atravessou, era um vocalise que costumava fazer a imitar sons de gatos, a nos divertir... mas que também rapidamente se perdeu. Conforme corríamos, atravessávamos nuvens de melodias íntimas, que há muito povoaram nossa infância, cruzamos com um trava-língua cantado que nos alegrava... Uma velha cantiga de roda... E o primeiro xaxado que nos ensinou a dançar enquanto pisávamos sobre seus pés... O menino e eu continuamos correndo a nos deleitar com o que revivíamos, trocando sorrisos pelo que ele nos deixava em sua passagem.

Ao mirar meu pai, fiquei estupefato. Ele estava a se turvar, como se, aos poucos, estivesse a se desfazer em meio à paisagem. O menino e eu gritamos por ele repetidas vezes, mas não nos ouvia. Um sopro gélido percorreu nosso corpo. Percebemos que, na mesma proporção com que deixava as nuvens melódicas pelo caminho, foi dissipando-se diante dos nossos olhos. Atravessamos a última névoa musical, era o acalanto com o qual costumava nos embalar a pegar no sono. Depois, tudo silenciou, e meu pai desapareceu desfeito em música, imiscuindo-se no mundo, sua nova casa. Tivemos a certeza de que nunca mais o veríamos. E a mesma certeza de que, para sempre, ele estaria por perto. O menino e eu silenciamos, não havia mais nada a dizer.

Encontrei Jurandir dormitando no carro; acordou com meus passos. Limpou a saliva que escorria no canto da boca e me fitou surpreso:

– *O moço tá bem? Parece que trombou com assombração...*

– *Estou bem, só um pouco cansado. É esse sol, estou desacostumado.*

– *Ocê se parece com seu pai. Nunca encontraram ele... Puf!, e sumiu. E olha que procuraram, viu! Veio um bando de gente que...*

– *Vamos embora?*

O corretor se acomodou e ligou o motor. Dei a volta, entrei no veículo e partimos. Jurandir apertou o *play* no toca-fitas e na língua, desembestou a falar:

– *Sabia que Gonzagão é tio meu em segundo grau, que perto da...*

Coloquei a cabeça para fora do carro, ajustei o retrovisor a admirar o que estava deixando para trás. Ruína, cantos, semeaduras. A estrada para regressar era a mesma, não havia atalhos nem desvios. Era repleta de buracos e muitas curvas, mas havia a paisagem a brindar o caminho com outros horizontes.

Divisei o menino distante, a correr subindo um morro. Alcançou o topo e acenou para mim. Pedi que Jurandir parasse o carro, desci. O corretor estranhou o meu súbito pedido:

– *Onde'ocê vai? Ei!... Desgrameira de gente esquisita da gota!*

Embrenhei-me por entre os arbustos e segui na direção em que o menino estava, não demorei a alcançá-lo. Com o olhar tranquilo, disse-me:

– *Eu quero te mostrar uma coisa.*

Minhas pernas tremeram ao ouvir aquilo, sabia onde estava a me levar. Pisando em quietudes, caminhamos por uma longa trilha até uma memória que julgava apagada. Um enorme cajueiro se estendia a perder de vista. Hesitante, perguntei onde era o local, e o menino apontou para o tronco daquela árvore. O lugar onde enterrei a rabeca vinte anos antes estava bem diante de mim. Por um instante, senti a aspereza da terra nas minhas mãos, numa madrugada fria, como se estivesse mais uma vez a abrir aquele sulco. Da rabeca, germinou a suntuosa árvore. As flores e frutos espalhados em toda a sua extensão emprestavam eternidade à paisagem. O Tempo possuía cor, textura e aroma... O cajueiro me mostrava que tudo continha um fim e, ao mesmo tempo, guardava-se para sempre. Uma brisa contornou a árvore e, rapidamente, tornou-se um forte vento a nos envolver. Levantou o pó da terra que, pelos raios do sol, se fez brilhar. Era a poeira do passado que, mais uma vez, embaçava nossos olhos. Com o farfalhar dos galhos e folhas, comecei a ouvir os primeiros acordes de rabeca, seguidos por um solfejo a preencher todo o lugar. O menino e eu nos encaramos com o mesmo encantamento, por finalmente ouvirmos o que tanto desejávamos. Era meu amargo plantio que germinava nas serenas cordas da rabeca de meu pai e no doce canto de minha mãe. Aos poucos, o menino foi esvanecendo-se em um sorriso. Guardou-se em mim. E eu fiquei ali, a colher as melodias do cajueiro que somente eu poderia ouvir.

MERGULHO EM MIM

Encharcado, ele sai da banheira e caminha pelo quarto, espalhando poças de água por onde passa. Observo suas pegadas amorfas, os contornos indefiníveis reforçam em mim a impressão que tenho a respeito dele, um homem indecifrável e misterioso que, em poucos minutos, foi capaz de me tirar de mim.

Volto a ficar submersa. Na superfície, apenas meu rosto segue a flutuar, extenuada. Uma ilha de contentamento e prazer à deriva. A água turva, pelo sabão e pelo nosso amor, guarda memórias que eu não quero perder. Eu sou essa água, nela estão minhas coordenadas. Sussurro a mim mesma, na esperança de acreditar no mapa que acabo de inventar.

– *O caminho certo é o que a gente escolhe.*

Conhecemo-nos há poucas horas. Ele é um estranho, quase líquido. É capaz de se esvair do mesmo modo como chegou em minha vida. No entanto, parece já assegurar sua eternidade em mim.

Saio da banheira. No reflexo do espelho, percebo-me úmida, inteiramente aquosa, como se meu contorno fosse forjado por uma frágil membrana.

Posso me desfazer a qualquer momento, derramar-me ao nada e encontrar meu fim. Até mesmo por um simples beijo.

Custa-me me reconhecer, penso na vida que levo e que já ficou para trás. A casa e o emprego antigos, o marido e os filhos antigos. A súbita certeza de eu não ter mais retorno me aflige e me liberta. O passado está em cada instante.

Destampo a banheira e, serenamente, observo a água descer pelo ralo. Para onde vai tudo aquilo que partilhamos? Onde deixei o cadeado da memória? O ruído da última porção de água escorrendo pelo encanamento é perturbador. Tudo acaba?

Sigo o rastro das pegadas disformes deixadas por ele, tento encaixar meus pés em suas marcas. A cada passo, divirto-me com um surdo ondular em meus ouvidos, o encharcado som da banheira que ainda reverbera em mim.

Encontro-o à janela, absorto. Aproximo-me e, subitamente, perco o equilíbrio. Uma vertigem me rouba o chão.

– *O que foi? Você está bem?*

– *Não sei... uma tontura, de repente. Estranho, parece que eu não estou a pisar em terra firme.*

– *São seus pés, se cansaram de chão.*

– *O que... o que você disse?*

– *A partir de hoje, você não mais pertence à terra. Sua casa passou a ser as águas. A tontura é um prenúncio disso.*

Ele sorri e me abraça. É o mundo que, nesse toque, me envolve. A sua fala fantasiosa e romântica me conforta. Escolho acreditar no que ouço.

De mãos dadas e fluidos, deitamo-nos no chão sob o forte sol da tarde. O calor e as horas são meus inimigos, temo que esse momento se evapore.

Depois do mercado, esbarrei com aquele homem, quinze anos mais velho, no posto de gasolina. Na prosaica conversa, partilhamos uma xícara de café com fatias de lamentos. O congelado no carro estragou, a manteiga derreteu e dezenas de ligações ficaram perdidas. Era hora de atender ao meu próprio chamado. Com graça, indaguei a sua ocupação:

– *Então você é marinheiro... Ainda existe isso, marinheiro?!*

– *Não sou marinheiro. Eu vivo do mar.*

– *E qual é a diferença?*

– *Marinheiro traça rotas. Um homem do mar traça destinos.*

– *Então, senhor Homem do Mar, foi o destino que o trouxe até aqui e nos apresentou?*

– *Eu escrevi este destino, eu escolhi você.*

A sua segurança me constrangeu, não consegui dissimular minha fragilidade diante dele.

– *Como você se chama?*

– *Orlando Orlando Orlando.*

Ri, achei divertido ele repetir o nome.

– *Mas é assim que eu me chamo.*

Seu bom humor o deixava ainda mais atraente. Ele sacou a carteira do bolso e mostrou a identidade a comprovar o que dizia. No registro, "Orlando" estava repetido três vezes.

– *Meu nome sempre foi um constante lembrar de mim mesmo. Ainda assim, tenho dificuldade de me guardar, de ter um rumo. Na maior parte do tempo, só sigo minhas marés, não faço plano pra nada.*

– *Quer dizer que você vive sem planos, sem rumo, sem pensar no futuro?*

– *O futuro só existe para os outros.*

Lembrei-me de que, quando criança, brincava de inventar futuros, de adivinhar o que a vida me reservava. Infelizmente, os sonhos ficaram naqueles dias. Orlando comentou que, apesar de saber ler as linhas da mão, não conseguia prever o próprio amanhã. Eu não sou mais menina, não acreditava mais em tais coisas, mas seguia seduzida pelo que ele dizia.

– *Eu também sei ler as marés do corpo.*

Respondi que era cética sobre esse tipo de coisa. Ele argumentou que não se tratava de acreditar ou não acreditar. Para ele, as contingências da vida seguiam uma misteriosa orquestração e tudo estava marcado na palma das mãos.

– *Eu, por exemplo, não tenho linhas. Veja. Pra mim, cada dia é uma vida nova. Posso saber do futuro de qualquer um, mas o meu não consigo... Você já conheceu uma pessoa sem a linha da vida?*

Com surpresa, certifiquei-me de que ele tinha razão, as linhas de sua mão eram mínimas e sutis, marcavam apenas seus inícios.

– *Cada vez que eu desembarco num porto, uma nova linha da vida se desenha em mim. E, assim, esconde o que me vai acontecer. Às vezes penso que, se eu não tenho a linha da vida e nenhuma outra linha, talvez eu nem esteja vivo.*

A sua voz soturna me assustou. Tentei me desvencilhar daquele estranho, aleguei ter um compromisso, peguei minha bolsa e, quando estava pronta a me levantar, ele me segurou firme pelo braço. Abriu minha mão e, suavemente, percorreu minhas linhas com a ponta do seu dedo e abriu um largo sorriso:

– *Isso não são linhas... Você não tem linhas. Você tem rios!*

Horas depois, encontro-me aqui, neste cubículo escuro, abafado e fétido de uma pensão barata no cais. Seguimos estendidos no chão a secar nosso corpo, ombro a ombro. Começo a contar a ele um pouco da minha vida, mas ele me interrompe e me corrige:

– *Esqueça tudo. A sua vida começa agora.*

Gosto da sua voz firme e grave e do seu jeito de me olhar, a desmanchar minhas defesas. Ele ajeita meu cabelo atrás da orelha e, mais uma vez, pega minha mão e aponta para um ponto em minha linha.

– *E bem aqui inicia nossa caminhada, juntos.*

O modo assertivo como profere suas previsões me impressiona.

— *Você sentirá o meu cheiro onde quer que esteja. Onde o vento soprar, lá eu também estarei.*

Preciso retomar minha vida. Levanto e me visto para ir embora, despeço-me dele com um beijo. Mentalmente, forço-me a memorizar para sempre a textura e o sabor dos seus lábios. Abro a porta e vislumbro o longo corredor parcamente iluminado por uma gambiarra de lâmpadas na parede. No ímpeto de partir, ele anuncia:

— *A gente vai ter um filho.*

— *O qu…?! O quê?…*

— *E vai se chamar Ulysses. Com ípsilon, chique. Pra já mostrar suas importâncias quando se apresentar pras pessoas.*

Fico estupefata diante de tal delírio. Indiferente à minha reação, ele segue dizendo que o menino nascerá sem linhas nas mãos, como ele. Mas terá rios, como eu. Orlando está radiante com o que profere, não me percebe em estado de choque, ainda que tal ideia se figure uma insanidade para mim. Ele volta o olhar para as linhas da própria mão e, subitamente, seu semblante se fecha.

— *Veja. Minha linha da vida cresceu um pouco mais. Está vendo?*

— *Mas isso não é bom?*

— *Olhe bem! Está apontando pra outro rumo, diferente do que a gente é. Está seguindo pra distante de nós dois… Merda de linha de vida, que sempre me apronta! Mas não vai ser assim desta vez!*

Orlando pega um canivete em sua mala, abre-o e, sem titubear, fere-se na palma da mão em um corte fundo, a represar com sangue o rumo que a linha tomava. Estremeço diante da sua atitude, ele vaticina.

— *Não importa o que aconteça. Nossa história será inteira.*

Mitigado, ele enrola uma toalha no ferimento a estancar o sangramento. Em seguida, entrega-me a chave do quarto. Anuncia que eu posso regressar a qualquer momento e que posso trazer comigo todos os meus pertences, pois seu barco tem espaço suficiente para acomodar o que eu quiser levar.

Pasmada com tudo que acaba de acontecer, murmuro uma apressada despedida. Saio às pressas e, mesmo sem me voltar para trás, sinto-o de pé à porta do quarto, no fim do corredor, a me perscrutar. Os seus olhos me tocam.

Caminho desconcertada na direção do carro, arrastando comigo minha sombra bífida. Ao mudar de calçada, escorrego numa poça de água e torço o pé. Paro alguns minutos para tentar me recuperar da dor. Sob dezenas de olhares de passantes, sob todos os olhares do mundo, sinto-me exposta, nua. Minhas mãos estão trêmulas, transpiro em excesso, pareço derreter. A possibilidade, mesmo improvável, de ter concebido um filho com um estranho, depois de um único encontro, perturba-me.

Sob um calor tórrido, noto uma gota de suor escorrer em minha testa. Abrigo-me sob uma marquise onde tento me refazer, volto a apoiar o peso no pé torcido. A dor abrandou. Aproveito a pausa para tentar unir minha sombra partida, como num zíper, mas sem sucesso. Está emperrada. *Será muito azar, um filho, na primeira! Que merda!*

Aflita, fico a tilintar a chave do carro com a mão direita, tentando dissimular meu nervosismo para mim mesma, em um teatro particular. A mão esquerda segue fechada, pressionando a chave da pensão que já deve marcar a minha pele. Cada centímetro daquele lugar ficou em mim. Talvez eu nem tenha saído daquele quarto.

Depois do banho, penteio o cabelo, tento desembaraçar os fios ressecados. São nós que parecem não ter solução, desisto. Com raiva, arremesso a escova no chão com toda a minha força. Respiro fundo diante do meu reflexo embaçado, quando sinto um vento abrir a janela. Um forte cheiro de maresia invade o quarto. Sinto-me acuada e impotente. Aquele homem líquido passou a me navegar.

Durante dias, pouco pisamos no chão. Mergulhamos em nós, submersos na velha banheira encardida. Para nossa surpresa, a linha da sua mão contornou o ferimento causado pelo canivete, ainda não cicatrizado. Segue seu rumo, no assertivo caminho do seu anunciado. Nem sempre o que está escrito pode ser lido, é a minha certeza inventada, na vã negação do nosso próprio destino, que já nos trai.

Diante do irrefreável sentimento, escolho traçar meus rios. Aprumo minhas coordenadas e, sobre o velho colchão de mola, coloco meu pé em seu peito. Ajusto meu binóculo, avisto ilhas desertas e cardumes de peixes que não existem. Vejo também um bando de pássaros a migrar em seus rumos possíveis. Doce instinto. Incontáveis barcos, com rostos familiares, passam diante de mim e acenam, na saudade que inventei. Doce instinto. Seguem a navegar naquele rio suave, no qual não me reconheço mais. Guardo o binóculo e abro as velas. Doce instinto.

Nesses dias de vento livre, descubro Ulysses em minhas águas.

– *Meu amor, quero te contar uma coisa...*

– *Eu já sei. O nosso filho está mergulhado em você.*

E sorri do meu espanto por ele já saber da notícia. Em seguida, encosta o ouvido em meu ventre e comenta:

– *Ouço o barulho do mar.*

– *O que você está?...*

– *Ssshhh! Você carrega o menino. Mas é ele quem está te gestando. Esse marulhar, está ouvindo?*

– *Não. Não ouço nada.*

– *A água em que ele está submerso lhe conta os seus segredos. Ele já te conhece, mais do que você conhece a si mesma.*

Os dias escorrem e embebem nosso cotidiano com uma nova vida. Ulysses. Traçamos mapas e coordenadas sem bússolas, descobri que também é possível velejar sob o amparo das estrelas. E também aprendi a fazer previsões.

– *Nós três daremos a volta ao mundo, e um dia, meu filho, você conhecerá seus irmãos. E serão amigos, viverão unidos por toda a vida.*

Semanas depois, mal havia iniciado minha vida nas águas, sinto a terrível experiência de um naufrágio. Taciturno, Orlando se levanta e vai até o filtro. Mata a sede com o olhar perdido em algum lugar, em algum tempo. Escorro para fora da banheira. Molhada, visto sua camisa. Ele bebe outra caneca, está seco.

– *Preciso seguir viagem.*

– *Não pensei em deixar a cidade tão cedo. Mas tudo bem, Orlando.*

– *Já passei da hora.*

E começa a jogar suas roupas na mala. Apática e incrédula, assisto a tudo com um sorriso torto.

– *Eu entendi bem? Você vai embora...*

– *Sim, meu navio vai zarpar amanhã. Eu vivo do rio e do mar, esqueceu?*

– *Não é a isso que eu estou me referindo. Você vai embora, sozinho?*

– *Eu preciso.*

– *E quanto a mim? E quanto ao Ulysses?*

– *Tudo está nas mãos de vocês.*

– *Então eu e ele não estamos mais nas suas mãos?*

– *Minha história aqui acabou.*

Meus olhos se turvam. Para meu espanto, ele abre uma pequena bolsa e retira uma arma, coloca-a na cintura.

– *Afinal, quem é você? Pela primeira vez na vida, eu me senti viva... Você me trouxe à tona, sabia? E agora... isso de ir embora, sozinho?!*

– *Eu nunca disse que ficaria!*

– *E nunca falou que partiria sem nós! Abra sua mão.*

Ele segue a guardar seus pertences.

– *Abra, eu quero ver!*

Orlando hesita, mas cede. Estende o braço, espalmando a mão próximo ao meu rosto. A cicatriz do corte ainda persiste, mas a nossa linha, que havia se iniciado, não mais existe. Voltou a se apagar. Quando finalmente me sinto madura, descubro-me ainda mais ingênua e estúpida.

Sempre me imaginei uma mulher corajosa, pronta a reagir a tudo que me violentasse, valente a ponto de conseguir tomar-lhe a arma, num momento como esse. E, com o cano do revólver apontado para sua testa, eu o obrigaria a se desculpar. Eu o colocaria de joelhos e ordenaria que repetisse: Canalha. Canalha. Canalha. Reinventaria seu nome em um registro perene em mim. Imaginei-me com coragem para mexer em seus pertences, abrir caixas e envelopes pessoais. E, nesse ímpeto, descobri dezenas de identidades. Jorge Silva. Pablo Saenz. Gomez. Geraldo Mesquita. Ramirez Gonçalo. Uma bolsa de notas estrangeiras e dois sacos de diamantes. Imaginei-me com coragem para jogar tudo que ele tinha de valor pela latrina, acionar a descarga e assistir seu egocentrismo descendo rio abaixo, regozijando-me com sua expressão de desespero. Imaginei que, depois de humilhá-lo, teria coragem de sobra para mandá-lo abrir sua maldita mão sem linhas, para onde apontaria a arma e dispararia. E sua linha da vida passaria a conter uma fissura, seu destino seria um abismo eterno com a minha marca. Movida por uma cega revolta, forjei esse desejo em meu destino, e, assim, tudo realmente acontece.

O disparo me assusta, resgata-me da minha fúria e do meu transe. Três homens enormes invadem o quarto, encontram o marinheiro de joelhos, com a mão sangrando. Perguntam sobre a mercadoria, Orlando aponta para o banheiro. Eles ainda encontram pedaços de cédulas rasgadas, espalhadas na privada e no chão. Dois dos homens o socorrem, e o terceiro, ao retornar do banheiro, se aproxima de mim, enfurecido. Perco a força, a arma escapa da minha mão e vai ao chão. O brutamontes fecha o punho e ergue o braço. Tudo escurece.

Desperto horas depois. O quarto está vazio, nenhum sinal deles. Tudo me dói. Vou até o rio, onde seu barco irá passar. Tudo passa. Nenhum rio é o mesmo. Finalmente, vejo o barco ao longe, distingo Orlando na proa, vejo sua mão enrolada em um curativo. A embarcação se aproxima e nossos olhares se encontram. Eu não grito por ele, afinal que nome devo chamar? Não nos acenamos. Há um rio de silêncios entre nós. Apática, permaneço à margem, a admirar o barco desaparecer na densa floresta. A fumaça do motor aponta sua ausência, cada vez mais distante.

    A límpida água daquela correnteza me atrai. Nada mais me parece sólido. Molho meus pés e adentro o rio pouco a pouco. Minha roupa se encharca. A água alcança o nível da minha cintura, visto o rio em uma saia aquosa e infinita, com estampas de coloridos peixes.

    Assim como ele um dia fez, desenho represas em meus pulsos, a canivete. Deslizo minhas mãos acarinhando a superfície da água e, vagarosamente, caminho em direção ao fundo. O ondular deixado pelo barco se torna rubro e tinge meus lábios para um impossível beijo. Imagino-me linda, na saudade de gostar de mim. Avanço e, a cada passo, descubro em meu peito um novo ondular.

    Segura, prossigo em meu caminho submerso, com a correnteza a desembaraçar meus cabelos. De mãos dadas, eu e Ulysses admiramos os cardumes. Uma doce melopeia vem do oceano e nos encanta, o meu filho já conhece essa cantilena. Na superfície, diminutas embarcações nos trazem semblantes familiares que nos espiam em nosso fundo, as despedidas se diluem.

    Com alegria, Ulysses e eu notamos a grande quantidade de brilhantes que a correnteza nos traz. As pedras valiosas nos envolvem, refletem a luz do sol e pulverizam brilhos em nosso entorno. Nesse destino que crio, reinvento meu homem do mar, com seu jeito apaixonado e encantador, caminhando no leito do rio em nossa direção. Tudo brilha.

    Iluminados pela poeira de luzes, nós três caminhamos até o desembocar do rio, onde o delta estende sua mão a nos atravessar para o grande mar, onde o rio se torna mundo. Onde todos nós voltamos a navegar. E, por fim, a frágil membrana que forjava meu contorno rompe-se e, inteiramente aquosa, desfaço-me de vez.

UM LUGAR FAMILIAR

Parou de chover. Faz frio. Cigarras, grilos e sapos me confundem a todo instante. Despistam-me. Já não sei se os ouço ao meu redor ou se os tenho dentro do peito. Anoitece, o melhor é esperar. Que horas devem ser agora? Nesta solidão, vozes antigas surgem a me chamar, respondo na esperança de ser encontrada.

– *Eu estou aqui!*

Mas ninguém me ouve. Minha voz é um emaranhado de silêncios em meio a tantos ruídos nesta floresta, estrépitos que me atordoam, emudecem a razão. Eu não aprendi a caminhar sozinha. Já são dias andando em círculo e só encontro a mim, no mesmo lugar. Eu aprendi a fugir sozinha.

Que dia deve ser hoje? As imensas árvores, gigantescos dedos, religam a terra ao céu em uma fé primordial. Pássaros e anjos migram em todas as direções, a flanar diversos mundos. A minguada alimentação e o cansaço extremo me levam à exaustão. Meus ombros ardem, fazem-me arquear de dor, como se carregasse desmedido peso. Deixo-me ser abraçada pelo sono, ainda que não possa interromper meus passos, mesmo que seja imperativo prosseguir. Desabo. Em meu delírio, vejo-me em minha rotina, muito distante daqui, deliciando-me nos mais tediosos vícios. Tudo ganha outras distâncias. Qual será o último sonho que terei na vida?

Desperto em uma enfermaria, sendo hidratada. Não sei quanto tempo dormi, ou por quantos dias estive na floresta. Um médico branco e simpático, com um proeminente abdome, dirige-se a mim:
– *Tudo bem? Você sabe como se chama?*
Tentei, mas não consegui esquecer o meu nome. Há lembranças que não se apagam, são memórias que nos recordam.
– *Humm... Não, doutor. Não consigo me lembrar.*
De modo sereno e complacente, como todos os médicos fazem, ele comenta que tudo ficará bem comigo. Sorrio mentiras, nada vai ficar bem. Engulo o comprimido que ele me oferece. Como esse estrangeiro veio parar neste fim de mundo? Provavelmente, alguma desilusão amorosa, um trabalho filantrópico, ou está fugindo da culpa por uma imperícia que levou algum paciente a óbito. Ouvi dizer que na Suíça eles são duros com médicos assassinos, sou capaz de apostar que ele é suíço. Que bobagem! Ninguém é duro o suficiente com médicos, padres e políticos em canto algum do planeta. Quando menina, eu tinha uma cachorra chamada Angélica Fox. Durante um tempo, eu quis ser veterinária, como toda criança. Angélica era um *poodle*. Eu sonhei ser a médica da Angélica. Se assim fosse, provavelmente hoje eu teria um sorriso falso, cabelos brancos e um abdome proeminente e inventaria certezas de que tudo ficaria bem para meus pacientes. E, seguramente, em poucos meses no exercício da profissão, já teria assassinado algum animal.
– *A floresta me devorou, doutor. E, junto, engoliu o meu nome.*
– *Você teve muita sorte de ser encontrada. Devia estar desacordada há mais de um dia!*
– *Algumas tribos desta região acreditam que a floresta pode roubar nossa alma. Apropriam-se dela e deixam um pedaço da mata no lugar, um pouco de floresta dentro da gente. O senhor acredita nisso?*

Ele repete o mesmo sorriso. Que pergunta estupida eu fiz! Os médicos, por acreditarem ocupar o topo da sociedade, acham-se sabedores de tudo.

– *Nesse caso, uma parte de mim ficou na mata, ainda está perdida na floresta. Sabe se também a encontraram?*

– *Você está bem e vai melhorar ainda mais dia a dia, fique tranquila. O que precisa agora é descansar.*

Mecanicamente, sorrio para ele tensionando o lábio inferior para o lado, sem me dar conta de que o estou mimetizando.

– *Que bom! Ah, lembrei meu nome! É Angélica Fox, lembrei!*

Ele acredita que logo estarei recuperada, pronta para voltar para casa. Para ele, a súbita recordação do meu nome é um evidente sinal de que tudo correrá bem.

– *Fico feliz em saber, doutor!*

Tenho consciência de que minha pequena farsa do nome não irá perdurar por muito tempo, mas, neste momento, o que eu mais desejo é me esquecer.

Compenetrado, o médico me ausculta. Deve estar ouvindo grilos, sapos e cigarras. Ele me explica o que aconteceu, esclarece o que já sei. Cansaço, desidratação, exaustão e desfalecimento, e completa:

– *Há descamações profundas em seus ombros, está em carne viva! Sabe o motivo desse ferimento?*

– *Não sei. Talvez, algum bicho tenha entrado em minha roupa... nem notei.*

O médico comenta que minha família foi contatada, estavam apreensivos com o meu desaparecimento, e que, na manhã seguinte, estarão chegando à cidade para me buscar. Ele me olha à espera de uma expressão de alívio da minha parte, ou de um comentário de satisfação pelo que acaba de relatar. Pego o copo de água na cabeceira e o levo à boca, poupo-me do que dizer ou da obrigação de emitir um falso riso pelo que ele disse. Bebo o conteúdo em goles lentos. O ventilador de teto gira para cima, a janela tem dois vidros canelados, diferentes dos demais. Algo se quebrou, sem a possibilidade de voltar a ser como antes. O lençol tem cheiro de sabão de coco, listras azuis, descombinando com o travesseiro de estampas amarelas. O bolso do jaleco dele está descosturado. Dou o último gole de covardia, termino de beber meu fingimento. O médico puxa a cadeira e senta-se próximo de mim.

– *Você realmente decidiu entrar na floresta sozinha? Não pensou no risco? Partiu sem guia, sem provisão, no meio desse nada?!*

– *Já estou acostumada com tanto nada.*

Entreolhamo-nos por um tempo. Em seguida, ele se levanta e me sugere descansar, comenta que o remédio que ingeri vai me ajudar a relaxar.

– *Diga-me uma coisa, doutor. Como está o meu peito? O senhor auscultou, está tudo bem?*

Ele coça a testa, titubeia sobre o que dizer, a ponderar verdades, e responde:

– *Tem um pouco de floresta em seu peito... Você vai ficar bem.*

Alguns médicos têm o péssimo hábito de saber o que nos acomete.

Semanas depois, de volta ao meu apartamento, mantenho-me trancada. Recuso a atender às dezenas de telefonemas. Todos insistem na mesma pergunta, na ânsia de saber o que se passou. Tenho muitas respostas, mas nenhuma explicação. Não preciso responder nada. O telefone toca mais uma vez, e outra, e outra. Patrão, ex-marido, filhos, pai, amigos, contador, namorado. Caem no fosso sem fim da minha secretária eletrônica.

Decido deambular pela cidade. Caminho ainda sem rumo, na única intenção de florestear ruas e matear viadutos. Em determinado momento, a lembrança de minha mãe passa a orientar meus passos, sigo até sua casa.

Sou recebida com suco, bolo e o sorriso do mundo. Parece estar à minha espera. Evito encará-la, afinal ela sabe quem eu sou, conhece meus descaminhos. Em minha mãe, minhas explicações ganham muitos sentidos. A intenção de escapar do seu olhar não se sustenta, acabo por esbarrar em seus olhos. Desmorono.

– *Mãe, esse peso que me afunda a cavar tantos chãos, de onde vem?*
– *Vem de você mesma, filha.*
– *Parece que eu estou carregando um edifício nas costas.*
– *Você sempre foi assim, desde menina.*
– *Desde menina... E o que é isso, mãe, que me deixa sem força pra andar?*
– *Você carrega o peso dos dias.*

Curvo-me a descansar meu rosto em seu peito. O meu vestido se afasta, e, involuntariamente, exponho meus ombros ainda com muitas úlceras, que não cicatrizam. Ela toca minhas feridas com delicadeza. Em seu carinho, sinto o desejo de, magicamente, curar-me de minhas chagas.

– *É muito peso pra uma pessoa só! E o pior, quando eu digo "os dias", estou incluindo "as noites" também. É muito peso!*

Depois de eu me acalmar, ela vai ao quarto e retorna com uma caixa de sapato, encapada por um velho papel de presente, repleta de fotografias antigas.

– *Quero te mostrar umas coisas, o muito do que você é e que leva consigo.*

Com calma, ela pega uma a uma e começa a narrar pequenas histórias com base em cada imagem, mas cessa diante de uma delas.

Em tal retrato estão duas meninas, minha prima e minha irmã mais velha, com vestidos caprichosamente arrumados, meias até o joelho e chapéus ornando com suas roupas, sentadas na grama. Na parte superior da imagem está meu pai, de camisa estampada, abraçando duas mulheres, minha mãe e minha tia. A montanha, a visão parcial de um carro, as duas amendoeiras, um cachorro distante e a toalha na grama perderam as cores. A paisagem desbotou, tudo está desgastado. Fotos assim sempre me encantaram, mas, desta vez, não foi o caso. As informações narradas por minha mãe não se encaixam nem ganham algum sentido em minha lembrança, mas não me importo com isso. Apenas a quero ouvir e a sentir ao meu lado.

A ponta do seu dedo desliza sobre a imagem, acompanho suas histórias, seus personagens. A sua pele fina e pálida, com pigmentações do tempo, aponta-me outro caminho, enquanto ela segue a descrever o riacho onde costumava nadar aos domingos depois da missa, mas que a foto não revela. Enquanto ela diverge em sua contação, percebo na imagem descorada uma beleza esquecida.

Na ânsia de tornar evidente a descrição que faz, ou talvez em um esforço inútil mas compreensivo de reviver e sentir de novo o mesmo gramado, a água gélida que descia da cachoeira, minha mãe sustenta o dedo em riste apoiado na fotografia. Assim, ela forja uma ponte sólida entre dois tempos. E, finalmente, consigo vislumbrar o que a foto esconde.

A ponte que ela ergue é segura, sustenta minha vontade e meus sonhos. Ainda assim, testo sua firmeza e, aos poucos, avanço em minha travessia. Saltitando, brinco nas pigmentações de sua pele, são ilhas de vivência que desaparecem e ressurgem à minha frente. Ouço um marulhar e noto um rio a passar suavemente sob a ponte. Sua limpidez permite ver as pedras no fundo do seu leito. Sinto o cheiro da grama e ouço os passarinhos que minha mãe tanto descreveu, tudo ainda está ali.

Terminada a travessia, piso na grama e percebo minha mãe, minha tia, meu pai, minha prima e minha irmã posando para o retrato. Corro até o canto, onde há algumas pedras, para não atrapalhar o registro da fotografia. Depois de a máquina disparar, todos se animam. Minha prima pisa no vestido da minha irmã, toma seu chapéu e sai a correr, sendo perseguida às gargalhadas pela outra. Meu pai pega um cigarro, que escondeu na hora da foto, e sai abraçado à minha tia, enquanto minha mãe entra na Vemaguet cinza, bate a porta e cruza os braços, claramente chateada. Não fazia ideia de como aquele dia estava quente, fazia muito calor.

O fotógrafo, primo da minha mãe, é um homem ruivo, alto e forte, de sorriso fácil, que lamenta eu ter chegado atrasada e não ter participado da foto. Não me importo, digo que ficou melhor com aquela composição.

Interrompo a conversa, pois me aflige notar minha mãe trancada no carro, enfezada. Vou até ela.

– Me diz o que te aborrece, mãe. Fala o que está acontecendo, me conta!
– Esse não é um assunto seu! É coisa minha e do seu pai... e da sua tia.

Eu insisto, mas ela ordena que eu me mantenha distante.

Tarde da noite, ela e eu estamos sozinhas na varanda da sua antiga casa, enquanto meu pai ronca cervejas no quarto. Um carro se aproxima da casa e pisca o farol, é o primo ruivo que envia sinais à minha mãe. Ela explode em um choro soluçante, eu a tento acalmar. Diz-se já estar arrependida do que vai fazer, então peço que repense sua decisão ou aja diferente desta vez.

– Não posso mudar o tempo, filha. Um dia você vai entender.

O carro parte. Na viagem, o silêncio de horas de estrada só é quebrado pelo seu choro. Eu sigo calada no banco de trás, a buscar uma compreensão para tudo que acontece.

Na companhia do primo ruivo, percorremos doze capitais, dezenas de cidades. Ele representa uma fábrica de colchões e carrega suas amostras num emaranhado de amarrados no teto do carro. À noite, dormimos em pensões baratas e, quando não encontramos onde pernoitar, juntamos todas as amostras e descansamos sobre um desconexo quebra-cabeça acolchoado, e sob a luz da lua adormecemos.

Uma noite, minha mãe me pede para dar uma volta, pois precisa ficar a sós com o primo, para conversar sobre negócios. Afasto-me, mas não o bastante para que não perceba que o que eles fazem dentro da Vemaguet não é uma conversa, quiçá sobre trabalho. Mesmo parado, o carro se mexe como se trafegasse por uma estrada sinuosa e acidentada. O clarão da lua é forte, faz o carro brilhar envolvido por uma luminosa aura. Na magia do que assisto, sinto-me também a perder o chão e a flanar. Sinto como se estivesse a pisar, de novo, pela primeira vez, neste mundo.

Ao retornar, dois meses depois, minha mãe é recebida com truculência por meu pai, que não lhe permite entrar em casa nem para pegar qualquer pertence. Discutem aos berros, no fim da rua é possível ouvir a maneira ofensiva como se tratam. O primo interfere na discussão, afasta minha mãe do alcance do meu pai para protegê-la de uma possível atitude intempestiva dele.

Sem ter onde pernoitar, chegamos à casa da minha avó, onde minha mãe também é mal recebida. Mas, desta vez, sua entrada é permitida, ainda que debaixo de muitos sopapos.

O primo ruivo dorme em um dos quartos, minha mãe divide a cama com minha avó em outro cômodo e eu durmo no sofá da sala. Muito cedo, ainda madrugada, desperto com o primo a se esgueirar porta afora. Pergunto para onde ele está indo.

– *Preciso partir, a trabalho.*

– *Mas sair a esta hora não é partir, é fugir!*

Ele me olha de um modo profundo, talvez já a pressentir que seria a última vez que iríamos nos ver. Nossa apresentação foi uma breve despedida.

Pela manhã, ajudo minha avó a coar o café. Minha mãe adentra na cozinha, senta-se à mesa e fatia o bolo. Sonolenta, com a voz ainda adormecida, anuncia.

– *Estou de barriga, do primo. Vou ser mãe dessa daí.*

Ela aponta para mim, entreolhamo-nos e minha respiração trava. O comunicado não revela nenhuma novidade, mas o modo frio a ser proferido por ela causa-me espécie. Ensaio um sorriso, não sei o que pensar, nem sentir, ao ter a certeza de que estou em seu ventre. E, sobretudo, por saber a verdadeira identidade do meu pai biológico.

O silêncio que se instaura deixa o ar espesso, só é quebrado quando minha avó, com a força do seu imenso tamanho, esmurra a mesa fazendo pratos e talheres voar e ir ao chão. Seu gesto abrupto me assusta, derramo café quente sobre mim e me arde. Minha mãe segue calada, noto-a estremecer, com os olhos fixos na mesa. Enfurecida, minha avó dispara:

— Sua desavergonhada, além de nunca ter tido juízo, agora desmiola da ideia?! Você é uma mulher casada, malcasada, mas é casada!

— Vó, ela não teve culpa, aconte...

— E você não se meta em conversa de mãe e filha! Aliás, você ainda nem nasceu pra falar ou pra ser ouvida!

— Mas não é justo o que...

— Me obedeça, menina. Feche o bico!

Minha mãe se levanta da mesa tentando escapar da reprimenda, mas, à força, minha avó a põe de volta sentada na cadeira e segue a vociferar. Percebo minha mãe transtornada, perdida no alvoroço que lhe toma o peito. E, num ímpeto, explode a lamentar a gravidez, maldizendo a própria gestação. De súbito, as duas interrompem a discussão e me olham, calamo-nos. A frase proferida por minha mãe não me soa como uma primeira vez. O que ela disse já está marcado em mim, ainda que eu esteja submersa em seu ventre. Deixo o ambiente e vou até a varanda.

Nesta época há poucos prédios e, em sua maioria, são pequenos, permitem aos olhos inventarem lonjuras. O leiteiro traz seus latões e abastece a casa em frente, onde mora dona Myrtes, que ao buscar o leite em sua varanda olha-me, curiosa por saber o teor da discussão que alcança a vizinhança. Dissimulo não a ver.

O carroceiro chega à nossa porta. O leite é servido no latão e respinga no chão, e, mesmo ouvindo o embate no interior da casa, ele nada comenta. Eu agradeço a sua gentileza, e, antes de ele partir, ouvimos minha mãe a entornar verdades. Aquela fala ainda reverbera em meu peito. Nesse instante, o leiteiro e eu descobrimos, ao mesmo tempo, que minha prima é filha do homem de camisa estampada, a quem desaprendi a chamar de pai. Fecho a tampa do latão.

E quanto ao primo ruivo, meu pai biológico, ele viajaria a trabalho por dezessete anos, sem nenhum tipo de contato com a família, na obstinada dedicação ao trabalho, argumento que justificava sua longa ausência e o impedia de regressar e assumir outras responsabilidades. Somente depois de seu périplo país afora, regressaria à casa da minha avó para descansar, morto. Ele veio a falecer de causa desconhecida, em Colinas, sertão de Goiás. Seu corpo chegaria trazido na carroceria de um caminhão de carvão, sem que ninguém se prontificasse a limpá-lo. Ele é enterrado em meio à sujeira que não desgarrou de seu corpo, irreconhecível, sem lápide e despercebido, tanto na morte como fora em vida. Há o boato de que ele teria se matado, pondo fim à consciência de viver, e de ser pai. Quantas vezes uma pessoa é capaz de se matar? Dessa forma, teria escapado da vida, fugido do mundo. Ninguém chorou.

Naquela noite, com a tristeza pesando em nosso teto, cada uma de nós se retorce em seu canto. Culpada, minha mãe chora a lamentar a gravidez, enquanto minha avó, nos fundos da casa, toca seu acordeom. Sigo o som da valsa e a encontro sentada ao lado do tanque. Na escuridão, à contraluz, sua imensa figura se perde em meio a um armário torto, ao cesto de roupas sujas, às caixas e toda sorte de quinquilharias espalhadas pelo lugar. Ao me aproximar, deparo-me com ela acomodada sobre uma pilha de tijolos.

– *Criar filho sem homem dentro de casa é um grande peso. Acaba sempre em desgraça. Sua mãe sentirá na pele, ela verá.*

– *Mas você criou sozinha a minha mãe e a minha tia, não foi? Onde está o peso? Ela também será capaz.*

– *Você ainda não vê, não sente?!*

Calo-me, meus ombros ardem como se alguém os tivesse pressionado justamente em meus ferimentos. Minha avó percebe meu sofrimento e tenta retificar o que proferiu, comenta que o seu mau humor nada tem a ver comigo, mas com a gravidez.

– *Mas qual é a diferença, não é a mesma coisa?*

– *Não. O seu nascimento é natural, mas a barriga é desnaturada.*

Ao terminar a música, ela expande a sanfona até o limite. O instrumento se abre feito uma grande asa, velha e esburacada, prolongando o último acorde de modo propositado. Através de um buraco no fole, ela pega, no interior do acordeom, uma fotografia antiga, em preto e branco, parcialmente destruída por cupins musicais que ali residem há gerações. Na imagem está o rosto de um lindo jovem de gravata e chapéu, com um bigode muito bem aparado. Ao seu lado está minha avó, igualmente jovem, igualmente bela. Eles estão sentados em um banco à sombra de uma mangueira, com uma velha igreja ao fundo. No verso da foto, em uma delicada caligrafia, lê-se: "Aqui, um dia entraremos juntos. Desse dia em diante, seremos…". O restante da dedicatória está ilegível, a borracha do tempo apagou o destino sonhado.

Aproximo a foto do lampião para ver melhor. Em um esbracejar de asas, minha avó recomeça a tocar a sanfona de maneira tempestuosa, e, pelos buracos do fole, são soprados para fora muita poeira, pó de cupim e mágoas, empesteando o lugar; fico nauseada. Chego a imagem ainda mais perto da luminosidade da chama e noto como os olhos do casal resistiram aos insetos, ainda guardam seus brilhos. Inclino a foto para ver melhor a igreja, a luz do lampião consegue iluminar a última janela. Em seguida, uma a uma, todas as janelas da fotografia se abrem, quando noto o seu interior aceso. O sacristão abre a porta da frente, fazendo com que a luz de dentro da igreja forme outra porta luminosa, ainda maior, no chão da fotografia. Os botões metálicos do acordeom da minha avó, mesmo embaçados pela saudade, ainda refletem o brilho daquele clarão.

A pólvora da máquina fotográfica explode, o casal dos olhos brilhantes desarma sua postura e corre para o interior da igreja, deixando-me curiosa para ver o que lá dentro acontece. Assim que os dois entram, o sacristão começa a fechar as portas, mas, antes que se encerre completamente, corro para tentar alcançá-lo.

– *Espera!*

Ele interrompe o que faz e, em um gesto de mão, pede que eu me apresse. Consigo entrar, e, logo atrás de mim, a porta se fecha.

Na igreja estão o padre, o sacristão, o casal de brilho e eu. Inicia-se a cerimônia de matrimônio do jovem casal, quando meu bisavô, o pai de minha avó, adentra o lugar. Com o semblante toldado e olhar trancado, ele segue lentamente até a nave. Apesar da baixa estatura, da magreza e da voz fina, imprime sua forte e impositiva presença, emudece a todos. Ele fixa no jovem e se acerca da minha avó, agarrando-a firmemente pelo braço.

– *A palhaçada acabou! Você vem pra casa!*

Em seguida, arrasta-a consigo, apesar da sua resistência em ir. O noivo tenta impedir que a leve embora, mas, num empurrão, meu bisavô o faz ir ao chão.

– *Primeiro, vá inventar seus tamanhos! Depois, venha falar comigo!*

Fico surpresa com o que acontece, sobretudo com a truculência do velho patriarca da família. Acovardo-me diante do seu semblante aterrador e me calo. O padre avança e obstrui a passagem do meu bisavô, pede que ele tenha bom senso e interrompa aquela violência, principalmente por estarem sob um teto sagrado. Meu bisavô para e silencia, coça o farto bigode enquanto observa as telhas expostas do lugar e comenta:

– *Não me venha com versículos, padre. O teto é sagrado, mas há muito anda destelhado, peneirado de humanidades.*

– *A sua filha também é filha de Deus, esqueceu? Não pode tratar ela desse jeito!*

– *Ela pode ser tatatatataraneta de Deus, até aí não discordo. Mas o pai sou eu! Vamos pra casa!*

– *Por acaso o senhor está se achando superior a Deus?*

– *Superioridades não são minha especialidade, padre, não nego meus superiores. Mas, em matéria de autoridades, sou formado e reformado no assunto!*

E sai arrastando minha avó consigo.

Em casa, sigo quieta, acuada junto à parede, vendo-o esbravejar com a filha, proibindo-a de se aproximar novamente do rapaz, pois ele tinha outro pretendente para ela.

– Mas, pai, eu já amo alguém, o senhor não me entende?!

– Não me venha com essa besteira! "Amor" é primo do "querer", irmão do "pensar" e afilhado do "obedecer"!

– Eu não vou me casar com aquele traste que o senhor arranjou!

– Ah, vai! E não apenas vai se casar como vai ser contentíssima de tanta felicidade que vai ter! Vai ter que inventar alegrias até o fim da vida!

– Você não pode me forçar a fazer isso!

Em três gestos céleres, o velho homem retira o cinto da calça e açoita a mesa num forte estrondo.

– Sabe o nome disso?

Minha avó explode em um choro contido, fica a tremer.

– Pois fique sabendo agora. O nome desta correia é "o-senhor-tá-certo-meu-santo-pai".

Com o olhar seco, ele fixa em mim, em meu canto, e em seguida sai furioso, batendo a porta. Acerco-me da minha avó e a envolvo num abraço. Acarinho seus cabelos e sinto seu perfume de lavanda, o mesmo aroma da minha infância. Enraivecida e a soluçar, ela diz que não ama o jovem com quem o pai planeja seu casamento e que não tem a obrigação de se casar para cumprir acordos feitos por ele.

Meu bisavô sabia da paixão que minha avó nutria pelo jovem, filho caçula do próspero fazendeiro. Mas o trato entre ele e o tal fazendeiro previa o enlace dela com o filho mais velho, que, diferentemente do caçula, era um homem casmurro e bem dotado de muitas limitações. O primogênito não conseguia evoluir nos estudos, nem na administração das terras do pai. As mais simples operações aritméticas se figuravam como desafios intransponíveis. Por causa da característica ermitã e do desencontro com a inteligência, o primogênito era motivo de zombaria em toda a região. Assim, para provar o contrário e limpar a terrível mancha que o filho causava à família, o respeitado latifundiário decidiu inverter os amores, negociando os irmãos.

Para tentar acalmar minha avó, sigo até a cozinha em busca de algo para ela beber, quando me deparo com minha bisavó ao lado do fogão a lenha, quieta, com os olhos mareados. Ela nota minha presença, mas tem dificuldade de me encarar. Cabisbaixa, pede-me perdão por não ter forças para proteger a filha, apesar de admirar o sentimento que ela tem pelo seu amado. Desculpa-se por sua omissão e subserviência ao marido, justifica sua fraqueza pelo peso da vida que carrega. Compadeço-me dela e, de alguma forma, a compreendo.

Mesmo com os olhos cheios de água, minha bisavó inventa alegria e orgulho ao lembrar o dia em que o rico fazendeiro chegou em sua casa, sem nenhum aviso, a fim de tratar do matrimônio entre minha avó e o primogênito casmurro.

O latifundiário trajava terno e chapéu brancos e carregava um grande embrulho embaixo do braço. Com peitos largos e a voz grave, não tinha dificuldade em impor suas opiniões. Sempre fora um homem de muitos negócios, poderoso e influente na capital. Minha bisavó se sentiu lisonjeada com a importante visita.

– *Ora, o senhor em nossa humilde casa... Entre, coronel, e fique à vontade.*

– *Já estou mais que dentro, obrigado.*

– *O senhor aceita um café, um bolinho? Acabei de fazer...*

– *Agradecido, sou um homem de pouco apetite mas com muitas fomes. O que me traz aqui é a suprema importância de tratar de alheias urgências, do futuro da humanidade! E, em assuntos de relevâncias, acho adequado repartir meus solilóquios diretamente com o seu marido, se a senhora não se importa.*

Ela me conta que deixou o homem e meu bisavô a sós, mas, da cozinha, pôde ouvir e espiar toda a conversa.

– *Tem gente que é objetivo, já eu, pefiro minhas finalidades. Por isso, vou logo destampando minha intenção. Eu tenho a urgência de dar continuidade ao meu nome, às minhas distantes gerações. Pra isso preciso que* meu primogênito se case. E, na carona, quero aprumar o nome da minha família, que anda às línguas com o imprestá... com o gênio que é este meu filho a quem estou me referindo. Então, vim aqui lhe propor um amor de negócio. Sabendo dos apertos entre meu caçula e sua menina, quero trocar os noivos. De resto, segue tudo no mesmo desarranjo, mesma família, festança por minha conta e o pedaço de terra, que prometi como dote, pra alongar sua chácara.

– Mas ele, o mais velho, não é meio?... O coronel me desculpe, mas é o que dizem na cidade. Aliás, só vi ele duas vezes na vida.

– Tudo boato! O garoto é brilhante!

– Mas minha filha se enamorou do seu filho mais moço...

– Isso já é passado, coisas de jovens. Existem assuntos mais importantes pro mundo. Lembre-se que nenhuma pedra tira férias, nem calango tem vizinho! As coisas se dizem, e mais nada!

Ambos ficaram a se entreolhar por um tempo, quando meu bisavô quebrou o silêncio.

– Não entendi a questão da pedra e do calango.... O que tem a ver com o casamento?

– Não sei, homem, não me pergunte filosofias! Pensamento bonito sai da gente até sem querer! Minhas sabedorias são o que mais guardo de herança pros meus filhos, principalmente pro meu mais velho. Pense numa pessoa provida de inteligência, é o sujeito! Mas o que importa pra nós é que precisamos cuidar do nosso futuro, antes que o mundo se acabe! As florestas, as montanhas, o ouro, o capim, o leite...

– O capim?!

– O que é que tem?

– O senhor disse o "capim"... ele pode acabar, mesmo?

– Soube disso há pouco, na minha última viagem à capital. Nós, pais, somos a esperança da humanidade, e o casamento é o que garante nossos infinitos! E, pra ajudar em nosso pensamento, trago aqui alguns argumentos.

O fazendeiro abre o pacote, revelando o interior repleto de dinheiro. Meu bisavô fica estupefato, em toda a vida nunca tinha visto um montante de cédulas como aquele.

– Realmente, o senhor tem bons argumentos. *Eu vou pensar com muito carinho.*

– *"Vou", não! "Vamos" pensar juntos! Esse problema é nosso, aliás é uma questão mundial, quiçá interplanetária!*

– *Posso... pegar?*

– *Mas é seu, homem! E é só uma partezinha de nada do que nos aguarda no futuro! Pode pegar, cheire!*

Meu bisavô enche as mãos de dinheiro e aproxima do nariz.

– *E não é que cheira bem esse danado de dinheiro?!*

– *E muito! Às vezes nem tomo banho, só esfrego um bocado de notas no peito, no sovaco e pronto, tô limpo e cheiroso!*

Meu bisavô pega uma cédula em cada mão e, com suavidade, esfrega-as ao redor do pescoço.

– *Permita-me corrigir, isso não é um cheiro, é perfume! É o perfume que trago de presente pro meu irmão... Acho que posso te chamar de irmão, não posso? Afinal, passamos a ser parentes, ou não?!*

– *Mas, claro, fique à vontade, me chame do que o senhor quiser. Tudo que mais sonhei na vida foi ter um irmão! Mas será que seu menino mais velho vai gostar da minha filha?*

– *Não se preocupe, esses são os pequenos jeitos que a vida nos pede e que temos que dar! O importante é cada um fazer a sua parte.*

– *Eu vou conversar com a minha filha e saber o que ela acha...*

– *Muito obrigado, irmão, sabia que compreenderia a importância dessas relevâncias! Mas só peço uma coisa. Esse nosso pacto tem que ficar entre irmãos, segredo de gente do mesmo sangue. Não comente na cidade, pois as pessoas podem entrar em pânico por causa dos riscos do futuro, do planeta... E eu não quero ser responsável pelo destrambelho e infelicidade de ninguém, longe de mim!*

O fazendeiro se levanta, cumprimenta meu bisavô e vai embora. Minha bisavó surge na sala e comenta:

– *Barganhar filho, negociar sentimento... Isso não tá certo, homem.*

– *Mas que comentário maculado é esse, mulher?! Então você não ouviu o nosso frondoso compadre dizer que o capim pode acabar?!*

– *Ouvi, mas...*

– *E por acaso isso não é muitíssimo grave pros nossos futuros? Já parou pra pensar nisso?*

– *Mas o que o cu tem a ver com as calças?! O que o capim tem a ver com o casamento da nossa menina, com a felicidade da nossa única filha, homem?*

– *Isso é coisa muito séria, mulher! Mas nem me adianta explicar, você não entende das filosofias do futuro!*

Sinto-me feliz ao ver o meu nome grafado no convite de casamento da minha avó. A cerimônia acontece na data prevista, toda a cidade comparece à festa. Minha bisavó e meu bisavô recebem os cumprimentos, acreditam estar felizes. Minha avó, a noiva, não se esforça em sorrir, em dissimular a frustração. Mantenho-me todo o tempo ao seu lado, a tentar confortá-la, quando o irmão mais moço aparece montado em seu cavalo, no galope da cachaça. Determinado, ele desmonta e vai até a noiva. Os convidados se calam e abrem caminho, os empregados interrompem seus trabalhos e os músicos silenciam. Tudo fica em suspenso, com exceção do noivo, que, absorto, segue a lustrar os talheres da mesa com seu guardanapo de pescoço. Transtornado, o caçula profere aos berros:

– *Este dia nunca existiu! O mundo nem carece de hoje. É o imaginoso que nos cria, os seus enganados. Este bolo, as cadeiras, as roupas bonitas... nada disto existe! Se olhar bem, nem se vê! Tudo vai acabar num sopro d'um vento! O que se sente é o que nos anda e nos respira! E ponto, é o "isso" da história! O amor não cabe neste lugar, é coisa rara de comum. E é o que existe: a reviração dentro do peito, seus danados a janelar o tino e a fazer a alma valsar arrepios... O amor e seus bocados é o ó, um tanto de tudo, que transborda sem restar! Sobroso! E existe viver sem ser provado desse sentir?*

Ele limpa a saliva do canto da boca e encara cada um dos convidados. Em seguida, fixa em minha avó e vai até ela.

– *O mundo não teve seu fim, mas já anuncia seus acabamentos... O desaleicho dos dias que virão, de doer, sem me amanhecer de ti... O que sobra de plano pra mim?! Eu não sei andar sem chão.*

– *Eu sei, eu sinto a mesma coisa. Já me perdi de tanto pensar, sem saída... na dor de não encontrar solução.*

Ambos ficam a se admirar, na silente promessa de nunca se esquecerem do outro. Sob um silêncio sepulcral, o casal de apaixonados se abraça, beija-se. Ele monta em seu animal e parte, dissolvendo-se na poeira de terra que o cavalo levanta. O jovem de brilho nunca mais foi visto na cidade, e a poeira do seu animal nunca mais se assentou. Minha avó não contém o pranto, enquanto os convidados se entreolham, atônitos. Em uma coreografia não combinada, todos abandonam a festa num grande cortejo, abalados pelo que presenciaram. Apenas o coronel se mantém à grande mesa dos noivos, ao lado do primogênito, no inútil esforço de tentar demover o filho da ideia de empilhar todos os pratos da festa.

Mais tarde, encontro minha bisavó cabisbaixa, junto a uma árvore. Ela segue apática e melancólica por causa daquela história de desamor. Junto-me a ela sob a lua e as estrelas, fantasiando poder lavar no sereno um pouco da triste poeira que ficara impregnada em nós. Ficamos a admirar o céu madrugada afora até o amanhecer, quando, sem dizer uma única palavra, ela segue para dentro de casa.

Vou até ela e a encontro na dispensa, a apontar um lápis com uma diminuta faca. Noto à sua frente vários pedaços de papel de pão, caprichosamente cortados em tamanhos similares. Em uma velha lata, logo ao lado, estão dezenas de desenhos feitos a grafite. Cachoeiras, borboletas, caminhos e montanhas. Folheio um a um, enquanto ela ensaia um primeiro risco.

Ela me conta que sempre sonhou escrever e desenhar sua própria história e que também sonhou isso para sua filha, para seus netos e para mim. Aos poucos, vou identificando em seus traços a forma de um rio encachoeirado, com curvas acentuadas.

– *O tempo correu rápido demais, você já é uma mulher.*
– *Sim, sou.*

Sorrimos.

À margem do rio, ela rabisca árvores altas, preenchendo o papel em toda a parte superior. Depois, de modo enérgico, passa a esboçar uma gama de riscos para completar inteiramente a folha, adensando os traços até forjarem uma exuberante floresta. Um lugar familiar.

– *Eu venho pra cá quando preciso me encontrar.*
– *A senhora não está perdida nem sozinha.*
– *Não estou perdida, mas eu não me acho.*

Partilhamos quietudes, sombras e riscos, quando o desenho faz despertar em mim uma lembrança.

– *Eu sei, eu sei o que é isto. Eu sei onde fica!*

Minha bisavó não esboça nenhuma reação, está absorta no que faz, sugada por aquela paisagem.

– *Eu conheço esse lugar! Eu sei onde fica o seu desenho!...*

Ela não mais me responde. Gesticulo, toco em seus ombros, insisto em me comunicar com ela, mas ela me ignora. Fico atenta a seus olhos, acarinho suas mãos, mas ela não mais me vê. Para onde ela foi? Para onde eu fui?

Um galo canta no quintal e um cachorro late. Os sons dos animais a despertam de seu transe. Ela se levanta e vai até a janela, sorri ao admirar a paisagem. O seu olhar pula a janela, avança no quintal e parte em disparada pela estrada de terra, até sumir bem distante na serra.

Dou alguns passos para trás e, acidentalmente, apoio no desenho que minha bisavó acabara de fazer. Sinto a minha mão molhar no rio tortuoso que ela criou. Percebo sua temperatura, a fria água, propícia a arrefecer o calor que faz nesse lugar. Não resisto e molho meus pés naquela água turva. Caminho pelo riacho e, aos poucos, ganho fundura. Mergulho. Para minha surpresa, a água é límpida e transparente abaixo da superfície do grafite.

Fico a nadar durante minutos, por mais tempo que minha respiração pode aguentar. Um imenso fôlego me toma. Depois de muito tempo submersa, venho à tona e saio do rio. Encontro minha mochila de caminhada, no mesmo local onde a havia perdido, tempos atrás. Ela está rasgada e envelhecida, irreconhecível. Começo a caminhar pela floresta. Os feixes de luzes que conseguem atravessar as copas densas revelam um sol a brilhar distante.

Sigo minha jornada, criando trilhas e inventando caminhos. Pouco a pouco, a vegetação feita pelo antigo lápis vai dando lugar a frondosas árvores naturais, que passam a ocupar toda a floresta. Sou pega de surpresa por uma chuva intensa que desaba, procuro um abrigo, mas é inútil, já estou encharcada. O solo alagado e os galhos que caem fazem com que eu perca o senso de direção e do tempo. Os dias puíram suas ordens, repousam seus pesos sobre mim. Não há mais caminhos, a trilha sou eu.

Parou de chover. Faz frio. Cigarras, grilos e sapos me confundem a todo instante. Despistam-me. Já não sei se os ouço ao redor ou se os tenho dentro do peito. Anoitece, o melhor é esperar. Que horas devem ser agora? Nesta solidão, vozes antigas surgem a me chamar, respondo na esperança de ser encontrada.

– *Aqui! Eu estou aqui!*

O DIA EM QUE VELINO INVENTOU O MAR

Elisa aprendeu a escrever na fina areia branca, a fazer contas com a matemática das conchas. Ao amanhecer, costumava correr até a praia e se calçar de infinitos grãos. Era onde limpava os pés do escuro chão da noite. As marolas riscavam sorrisos de bom-dia por toda a orla, e a menina as respondia em igual contentamento. Elisa acreditava que conhecia o temperamento das águas como ninguém.

A distante vila de pescadores onde a menina morava só era acessada pelo mar. O oceano era um fiel recadeiro, distraído e duvidoso. Trazia acontecimentos atrasados e notícias que nem chegavam a nascer. Velino, irmão mais velho de Elisa, era o jovem mais forte e bem-disposto do lugar. O mais experiente na arte de pescar. Sabia o rumo das correntes, dos ventos. Descortinava as piores tempestades e trazia o barco da família seguro de volta para casa. Admirado por suas virtudes, era apontado como um promissor líder do lugar. Mas a crença em seu futuro se desfez quando seus olhos começaram a se encharcar, num incessante transbordamento. Com isso, Velino perdeu seu norte, passou a vagar na sonseira de suas ondas. Velino ficou à deriva. Diante do irmão abalado, a menina descobriu que o mar tinha outras marés, movia-se para onde bem entendia num estranho querer. Ela descobriu que o mar desembocava nas praias e em toda parte. Percebeu que o mar desaguava nos lugares mais insuspeitos.

Os pais de Elisa também notavam o filho a sobrar, não se cabendo. No silêncio do rapaz, entendiam seu estado, mas adiavam compreensão. A menina questionava quando o irmão iria voltar ao seu comum, quando iria parar de tanto suspirar. Os pais torciam as bocas, deixavam escapar muxoxos e palavras tortas como respostas. E Elisa seguia sem saber do irmão, do seu paradeiro, mesmo ele estando tão perto. Tudo passou a ter outras coordenadas. Diante de Velino balançado, a menina teve a impressão de estar vendo o mar pela primeira vez.

– *Velino, você tá bem?*

– *Estou, mais que sempre.*

– *Mas seus olhos...*

– *Meus olhos? Não tem nada de errado com eles, é o costume dos dias, da vida.*

– *Eles estão diferentes.*

– *Acho que de tanto pescar meus olhos passaram a só ver lonjuras. Só enxergam oceanos.*

– *Por isso eles estão desaguando sem parar?*

– *Um dia, quando quiserem, eles voltam pra perto. E se secam.*

– *Eu estou com medo. E se não pararem mais de brotar água e você... se afogar neles?*

– *Não tenha medo, mana. Se eu me afogar, será obrigação do destino, tratos com a vida. É tanto mar que a gente tem...*

A menina guardou consigo o que o irmão falou e tudo que ele disse. Sabia que as coisas não iam bem para Velino. Sabia que ele era visitado por um amor naufragado. A mulher do mar. Uma estranha viajante que aportava na vila em misteriosas chegadas e logo desaparecia em súbitos apagamentos. Os moradores a viam e de pronto rompiam distâncias, com as línguas ligeiras a correr fuxicos:

– *Mulher sem âncoras nem amarras! Eu, hein!...*
– *Essa largueza de se ser nunca prestou!...*
– *Nem rede nova dá conta de pescar mulher sem rumo!...*

Os pais de Velino sabiam que o filho era alvo de todo tipo de comentário, com os quais concordavam por vergonha e pelo costume de não guardar nenhuma convicção. *É no juntado que todo peixe vive e tira férias! Negar nossos cardumes é se arriscar num fim de frigideira!* Nesse dito comum justificavam consenso aos habitantes do lugar e emprestavam mais salivas às palavras:

– *Meu filho, gente tem que ter um pé na terra e outro no mar. Os dois pés num mundo só dá azar e descompensa!*

– *Só não digo que essa mulher é assombração pra não ofender nossos fantasmas. Cuidado de cuia é pouco! Ainda não inventaram boia pr'um gostar tão sem fundo desse jeito, sabia?*

Velino seguia largado de seus compromissos, na descrença de seguir a vida. Passava os dias na praia, espiando o mar, por onde a mulher retornaria em seu barco. Foram muitas as noites em que se recusou a dormir em casa, mantinha-se na pronta espera de que ela chegasse a qualquer momento. Erguia seu acampamento ao relento, aquecido pelo calor de uma fogueira que, a todo custo, mantinha acesa. Prova de sentimento e lealdade. Para que ela o encontrasse do mesmo jeito que o deixou quando partiu, sob a luz de uma eterna chama.

Elisa queria compartilhar o que se passava com Velino, queria ter sua dor emprestada e guardá-la consigo. Cuidaria daquele mal como quem cuida de um irmão. Seria sua dor-irmã. E em segredo jurou:

– *Se eu conseguir sua dor, mesmo que por um minutinho, nunca mais a devolverei!*

Para a menina, somente assim Velino poderia voltar a ser como sempre foi, sem nada a lhe tomar. Poderia voltar a gostar do vento, dos barcos, dos peixes. Poderia voltar a pescar os dias comuns. Mas desconfiava de que o irmão nunca lhe cederia, sabia que aquela dor era seu pão e sua água, seu ar e todos os seus sentidos. Tinha consciência de que a dor se instalou em Velino e fez dele sua morada. Custava à menina compreender o irmão. *Pode alguém se emprestar pra outro a esse ponto?! E por um tanto de amor abandonar a casa do próprio peito e se deixar ser habitado por alguém?*

Ela sabia que Velino tinha a alma desatada, feito vela aberta, soprada pelo irrefreável vento do que sentia. Velino navegava sem mar. Velino velejava seu chão.

Foi há muito tempo, numa manhã qualquer, que Elisa avistou um barco tingindo a paisagem de novidade. Correu a chamar o irmão. Não imaginava que a inesperada presença lhes traria tantas preocupações. Os moradores logo se aglomeraram na praia, intrigados a observar o estranho barco que se acercava sem tripulação. Era vermelho, desbotado e surrado pelo tempo. Pelo sol, pelo sal. Tinha inúmeros arranhões no casco. Ao ver as marcas, Elisa teve um mau presságio. Um arrepio lhe percorreu o corpo, antecipando um medo desconhecido. Na pressa em desvendar tal aviso, acreditou que as marcas teriam sido forjadas pelos dentes e garras do mar, a revelar a vontade das águas de engolir o barco e arrastá-lo para o fundo do seu ventre. Como um instinto natural de um nobre cuidador, a proteger os homens, a cuidar dos pescadores desatentos. A tentar impedir que o pequeno barco desabitado trouxesse agruras a esse mundo e dissabores ao irmão. Mas a simples presença da embarcação ondulando a normalidade do lugar evidenciava que o mar perdera sua batalha. O pequeno barco se mantinha em sua misteriosa missão.

Os cochichos entre os vizinhos logo espalharam suspeitas:

– *Barco sem tripulação é a maré de azar subindo...*

– Que nada! Destripulado é até bom! Mas será melhor ainda se estiver desalmado...

As águas trouxeram o barco até a areia, aportou-o. E o chão da vasta praia se mexeu num suave movimento como se estivesse a se espreguiçar. Os moradores se entreolharam pasmos com o que acontecia.

– Crem'Deus pai! Já vi o céu balançar, pedra sacolejar e até saracura se chacoalhar! Mas chão é a primeira vez!...

– Isso é terremoto ou os tatuís estão dando uma festa?...

Velino mirou os próprios pés, as pernas trêmulas, e balbuciou o que só ele pressentiu:

– O chão... está mareado. Parece estar recebendo o mar pela primeira vez.

Por precaução, e abalo de coragem, ninguém se aproximou do barco. Velino foi o único que pisou ousadias em sua direção. E, diante do que viu, seu rosto resplandeceu. Uma linda mulher se encontrava em seu interior, desacordada. Ela tinha sobrancelhas grossas, cabelos longos e encaracolados até a cintura. Parecia levar o mar em seus cachos a lhe ondular mechas, emoldurando o mais belo rosto já visto pelo rapaz. Velino foi tomado por inesperado sentimento, perdeu as palavras, e sua bússola parou de funcionar. A praia dos seus olhos se umedeceu de encantamento. Tomado por tal visão, nem percebeu que sobre eles pairava um bando de gaivotas, desenhando melodiosos círculos no céu. Aquele instante durou horas, e, ao redor, tudo estancou. Era o tempo que lhes concedia uma brecha no existir, um espaço somente deles. O mundo merecia admirar aquele encontro.

A visitante despertou de seu sono:

– Onde estou?

Maravilhado, Velino abriu ainda mais os lábios. Sorriu a alma. Os dois se entreolharam como se estivessem cumprindo uma ignorada promessa, um sonhado encontro. Ele olhou fixo a mulher e respondeu:

– Onde esteve?

Velino suspirou fundo, no alívio de tanta belezura diante de si, e sorveu o odor que desprendia do barco. Do velho casco e dos remos, dos pequenos objetos e da pouca muda de roupa espalhados em seu interior. Sorveu o aroma da mulher. Era o cheiro de alto-mar. De ilha deserta, de profundezas e suas correntes. Era o perfume do horizonte. O simples inspirar de um novo ar foi o que fez suas pálpebras, subitamente, transbordar. Daquele dia em diante, os olhos de Velino nunca mais deixaram de marear.

A mulher foi bem recebida no povoado. Deram-lhe água, alimento, perguntaram-lhe como se chamava. Maribela. A mãe de Elisa e de Velino gostou:

– *Bonito nome! Maribela... Faz lembrar coisas de floresta e de mato, essas coisas.*

E quis saber seu sobrenome. Maribela esclareceu que não tinha sobrenome, nasceu daquele jeito. A mãe não gostou do que ouviu:

– *Mas sobrenome é o primeiro endereço da pessoa. Onde já se viu alguém se encontrar sem isso?!*

Serena, Maribela respondeu:

– *Eu gosto assim. Um nome sem cordas.*

A mulher agradeceu a acolhida e deixou a casa, voltou para o barco. A mãe sussurrou estranhezas, e o pai rangeu desconfianças:

– *Isso é mulher cheia de seus excessos!*

– *Será?! Nem fale isso, marido!*

– *E como não?! Gente que viaja sozinha, que vai aonde quer... desde quando isso é bom? É muita liberdade pra uma pessoa só!*

– *Será?! Nem fale isso, marido!*

– *Pois digo, deu pra ver de longe! São as liberdades que prendem a gente! Amarram a pessoa na teima de só querer se aproveitar, de só querer viver a vida. Vida em solto exagero nunca prestou! Desconjunta a gente.*

– *E espia o jeito de Velino, todo desconjuntado pro lado dela... Tem razão, marido, temos que arreganhar nossas desconfianças: coisa em excesso nunca vem de pouco!*

Maribela acomodava a rede no barco, onde costumava repousar às noites, quando Velino se aproximou. Ele ofereceu sua casa, o quarto de Elisa para a mulher pernoitar.

– *Muito agradecida, mas não sei dormir em outro lugar. Aqui as estrelas me veem, e nos orientamos.*

– *Você e as estrelas, como?*

– *É o jeito de mantermos nossos rumos. Assim não tropeçamos pelo caminho.*

– *Pra onde você está indo?*

– *Pra todo lugar.*

– *Então você está perdida.*

– *Não, estou indo pra qualquer lugar.*

– *Mas… ir pra todo canto, sem rumo, é se perder!*

– *Às vezes a pessoa se perde permanecendo no mesmo lugar, sabia?*

Maribela se deitou encolhida de frio, cobrindo-se com sua manta puída. Velino entrou no barco e se deitou ao seu lado. Ficaram calados a admirar o céu, as infinitas constelações. Ele não conseguiu pegar no sono, e, quando Maribela adormeceu, foi buscar seu cobertor mais quente e a cobriu. Os astros não puderam mais enxergar Maribela. E o que ela disse confirmou-se. As estrelas perderam seus rumos, tropeçaram no céu. Uma chuva de estrelas cadentes riscou o firmamento, iluminando a noite de Velino. Perplexo diante do que acontecia, não quis aproveitar a sorte e fazer pedidos aos astros, não se importou com isso. Fechou os olhos e dormiu tranquilo ao lado dela, na certeza de já ter seu maior desejo atendido.

Velino despertou sobressaltado, sacudido pelo pai. Ficou surpreso, ao se dar conta de que não estava no barco, encontrava-se deitado na areia da praia.

– *Levanta, vá pra casa.*

– *O quê?... Onde está Maribela?*

– Não sei. Ela se foi.

O pai se afastou, deixou Velino intrigado com o desaparecimento da mulher. O rapaz olhava para os lados em busca de algum sinal de sua amada, tentando compreender o que havia acontecido, seu paradeiro. Nada avistou. Elisa se aproximou do irmão, percebendo sua angústia.

– Vamos entrar, vem.

– Será que Maribela não existe, Elisa? Será que foi tudo um sonho?...

– Maribela existe, sim. Mas foi tudo um sonho, Velino. Foi só um sonho.

Os dois seguiram de mãos dadas para casa, com os olhos mareados de Velino a entornar suas águas na areia. A marcar os passos em outro mar.

Em dedicado zelo, Velino seguia alimentando sua fogueira. Os pais insistiam que voltasse para dentro de casa, para dentro de si. Mas o rapaz resistia, queria continuar sob os astros, a ler estrelas. Ansiava encontrar uma mensagem no firmamento, um sinal de Maribela. Repetidas vezes descrevia mentalmente a imagem do céu riscado que naquele dia vislumbrou. Temia se esquecer da arrebatadora visão, alimentava as estrelas cadentes para que elas nunca se apagassem dentro de si.

Preocupada, Elisa se mantinha firme no desejo de compartilhar a dor-irmã:

– Velino, me dê uma fatia da sua dor. Um pedacinho dela, só isso. Eu prometo cuidar e não me cansar de cuidar. E também prometo nunca a devolver!

– Eu gostaria, mana, mas não posso. Minha dor é uma dor inteira, impossível de fatiar.

Os dois seguiram calados na praia, enquanto os pais lamentavam a má sorte do filho:

– Esse menino não é mais o mesmo. Com tanto dele nele, acabou se esquecendo da pessoa que é.

– São os nossos vazios que, em seus pouquinhos, equilibram a gente: aquietam nossas faltas. Mas, em matéria de vazio, parece que Velino exagerou!

Meses se passaram sem nenhum sinal de Maribela, muitos boatos surgiram. Era no veneno das palavras que as frases azedavam as conversas. Diziam que a mulher foi vista em praias distantes, a visitar muitos povoados. Que a enigmática viajante tinha o mundo a percorrer. Afinal, num planeta coberto por tanta água, seria incalculável a quantidade de praias onde poderia aportar. Afirmavam que Maribela já havia apagado a pequena vila de seu mapa. Zombavam de Velino, dizendo que ele perdera os sentidos, não mais discernia as realidades. Velejava ilusões. E os pais seguiam cada vez mais desgostosos com o gosto do filho:

– *Presepada dele, deixar ser fisgado por uma mulher cheia de marés!*
– *Menino mais molenguido, se empurrar num sopro de qualquer vento!*

Velino não se importava com o que diziam. Seguia firme a contemplar o mar, na certeza de um dia seu horizonte voltar a ser navegado por Maribela.

Chovia muito quando Elisa escutou os gritos do irmão na praia, numa incontida euforia. Foi até a janela e o viu ensopado, com os braços abertos e a felicidade a tirá-lo do chão. Velino era tomado por inexplicável excitação. Correu para o mar e mergulhou, nadou apressado a ganhar funduras. Aflita, Elisa observou o irmão se afastar em meio ao temporal, atravessar o mar revolto a braçadas, inventar caminhos. O mau tempo escurecia a manhã, dificultava discerni-lo em meio às águas agitadas. Elisa correu até a praia.

– *Velino, volta! Aonde você está indo? Volta, Velino!*

Elisa ficou na ponta dos pés, tentando fazer a visão crescer, tentando enxergar o irmão que se apequenava cada vez mais, até, subitamente, submergir. Velino demorava a voltar à superfície. A menina foi tomada por imenso pavor, cogitou a terrível possibilidade de nunca mais voltar a vê-lo. Em seu desespero, concluiu que o mar teria vencido. Que o mar teria feito sua derradeira pesca, teria levado o melhor do seu mundo. Velino. E o teria fisgado pelo anzol da sua dor indivisível.

– *Velino! Volta, mano! Velino!...*

Em meio à desesperança que a tomava, Elisa avistou um barco distante no horizonte. Um lampejo de alegria irrompeu dentro de si. Mesmo sem certeza, quis acreditar ser um sonho o que via, o que se tornava realidade diante de seus olhos. A mulher do mar estava de volta.

– *É Maribela, ela voltou... É ela, sim!*

O irmão a havia pressentido. Antes de chegar, Maribela já aportara dentro de Velino. A mulher se ergueu dentro do barco e pôs-se em assertiva postura, à procura de Velino submerso na água. Angustiada, não suportou a espera e mergulhou.

Depois de instantes de expectativa, Maribela e Velino surgiram à superfície. Subiram no barco e em um longo abraço recuperaram o fôlego, a esperança e tantos sentimentos afogados. Diante do que testemunhava, Elisa aliviou o peito em esfuziante grito:

– *Maribela existe! Ela é um sonho! Maribela existe!*

O mau tempo se dissipou, as águas abrandaram. As nuvens cinza sobre o casal se abriram, presenteando-lhes um céu particular. Raios de sol e seus brilhos choviam sobre Maribela e Velino, que seguiram acalentados pelo murmúrio do mar que os embalava. O casal passou o dia ilhado no barco, distante da vila. Atravessaram a noite lendo as estrelas, decifrando suas íntimas constelações, a não mais se perderem.

Na manhã seguinte, retornaram à praia, onde foram mal recebidos, os moradores negaram cumprimentos à mulher. Furioso, Velino reagiu exigindo retratações. Parentes e velhos conhecidos não lhe deram ouvidos, afastaram-se com desprezo.

Assustada, Elisa viu o pai se aproximar de Maribela, dirigindo-se a ela num tom áspero:

– *Escute uma coisa, dona mulher-do-mundo! Vá embora, esta terra não é seu chão!*

Velino partiu em defesa da amada, enfrentou-o:

– *Se ela for, eu vou com ela!*

– *Você não vai a lugar algum, vai ficar aqui! Você não sobrevive dois dias em mar aberto! Vai acabar se afogando em tanta água que lhe sobra! E além do mais, eu sou teu pai: você me tem em regra de obediência. Você fica!*

– *Por que não posso? Me diga por que eu não posso seguir com ela.*

– *Ela sozinha é muita mulher pra você, é quase duas! Tem a idade da sua mãe, a esperteza somada de suas quatro tias e a experiência de suas avós! É pouco, ou quer mais?*

A mãe de Velino interveio na dura conversa, rogando a Maribela bom senso:

– *Eu lhe peço, por caridade, vá-se daqui. Os sentimentos são coisas raras, dona. É preciso saber escolher eles e também saber quando cortar eles.*

– *Me desculpe, mas eu não sei fazer isso. Os sentimentos é que me escolhem, e não me cortam. Eu não sei, nem me é justo fazer essas desnaturezas.*

– *Mas é justo criar guerra entre pai e filho? É justo cortar sentimento entre eles, cortar sentimentos de muitas gerações?*

Maribela encarou a mulher, mergulhou em seu olhar. Ficou pensativa com o que acabara de ouvir e, fraca no querer, calou as certezas. Aproximou-se de Velino e o envolveu num abraço de despedida.

– *Não... Não vá, Maribela. Você não precisa ir...*

– *Eu tenho muito mar em meu caminho. Seus pais estão certos: você é jovem, um dia também terá seu próprio mar pra percorrer.*

O rapaz afundou o rosto em seus longos cabelos, sentiu o oceano que por ali passava. Sentiu todos os mares do mundo, o cheiro infinito daquelas águas. As marés de Maribela. Desejou, naquele instante, nunca mais soltá-la. Desejou mergulhar em sua amada e nela velejar a eternidade. Queria poder inventar outro lugar, outro tempo.

Contra a vontade, a mulher se afastou na intenção de partir, mas Velino não admitia vê-la escapar de suas mãos.

— *Fique ao menos um pouco, alguns dias!*

— *Não posso. Meu corpo não combina com a terra. Pisar o chão por muito tempo me deixa tonta e me embrulha num enjoo de me revirar, de sair correndo de volta pro mar! Que é onde eu me acalmo, minha casa. É onde eu deságuo.*

— *E o que te represa, Maribela? Me diga que eu me invento e faço! O que te represa?*

— *Ainda não inventaram represa de vontade, Velino. Ainda não inventaram.*

A mulher do mar subiu em seu barco e, com o auxílio dos moradores, foi empurrada para as águas mais distantes. Aos poucos, Maribela foi-se afastando da praia até não mais ser vista. Até se misturar à paisagem, diluindo-se no oceano, que, no azar do seu capricho, inventava de não ter fim.

Dias a fio, Velino permanecia em inútil vigília na praia, exposto ao tempo. O frio, a fome de gostar e a saudade o adoeceram. Sua dor o adoeceu. Exausto e debilitado, não ofereceu resistência em ser levado para dentro de casa. Repousou durante dias sob os cuidados dos pais, sob o olhar atento de Elisa. A intensa febre que lhe tomava não cedia. Inúmeros devaneios lhe visitavam, era quando Maribela o aportava. Era quando a mulher lhe beijava o horizonte, cochichava suas águas por meio de seus delírios:

— *Sempre existiu um único oceano: somos todos nós... Mas os mares são criações do homem, cada um precisa inventar o seu... Erga suas velas e deixe o peito soprar. Assopre, Velino, assopre...*

Elisa se assustou com os desvarios que ele disse, não fazia entendimento. Preocupava-se com as altas temperaturas do irmão que persistiam, apesar de todo o cuidado que a família lhe dedicava. Intuiu a explicação para o que lhe ocorria: Velino as alimentava. O rapaz aquecia o próprio corpo e a alma, na involuntária insistência de conservar acesa muitas chamas. Era a maneira de seguir firme em seu desejo, em um ardor que o mantinha.

Certa noite a menina sentiu um forte cheiro que emanava do quarto do irmão, a impregnar toda a casa. Maresia. Elisa adentrou o ambiente embaçado e espesso, deparou-se com Velino mergulhado em seu sono, ressonando suas correntes mais fundas. Como se o irmão estivesse inventando distâncias dentro de si, ensaiando profundezas. Elisa arregalou os olhos ao perceber que ele não estava a dormir. Velino estava a navegar o próprio sonho.

Na manhã seguinte, o rapaz despertou com aparência saudável, dizendo-se curado de suas doenças. Perguntaram-lhe se estava bem, ele disse que sim. Perguntaram se havia esquecido Maribela, ao que ele retorquiu:

– *Quem?*

A mãe sorriu aliviada, acreditando ter sido atendida em suas preces. O pai franziu os olhos, com a desconfiança entreaberta, e foi-se preparar para mais um dia de pesca. Velino o alcançou e, prestativo, começou a desembaraçar as redes. Elisa estava intrigada com a súbita melhora do irmão, mantinha distância, a espiar os dois. O rapaz conferia o isopor e as ferramentas na intenção de também seguir na pescaria, quando o pai o interrompeu:

– *O que você está fazendo?*

– *Preparando pra irmos pescar.*

– *Você não pode ir.*

– *Mas por quê? Eu sempre pesquei, por que agora eu não posso?*

– *Pescador enjoa, passa mal, põe as tripas pra fora, mas não amolece por dentro.*

– *Mas eu estou bem, já estou curado. Me deixa ir. Eu tô com saudade do mar, na gana de pegar meus peixes.*

– *É esse mesmo o motivo? Ou está no disfarce de outras pescarias?*

Fisgado pelas palavras do pai, Velino engoliu em seco e abaixou a cabeça, dissimulando o olhar:

– *Mas... do que o pai está falando? Esse é o meu trabalho, esqueceu? É igual ao seu, pescar.*

– *Tem certeza?*

– *Tenho e tenho muita, até de jura! Prometo que não vou atrás dela, se é isso que o senhor está pensando.*

O pai o encarou firme, a testar sua certeza:

– *Pegue essa corda, dê um lais de guia pra eu ver, que eu te ensinei quando você ainda era um menino.*

Imediatamente, Velino pôs-se a fazer o nó. Tentou diversas vezes, de muitas maneiras, sem sucesso. O pai percebeu a aflição do filho por ter fracassado e lhe concedeu outra chance:

– *Tente, então, o nó de frade. Que é ainda mais fácil.*

Velino se esforçou para realizar a outra laçada, insistiu de inúmeros modos, enquanto o pai lamentava em silêncio a perda de tal habilidade. Desolado, o rapaz desistiu:

– *Eu posso aprender de novo, pai. Eu sei que eu posso, eu quero ir! Foi um esquecimento à toa, do momento, eu sei que eu...*

– *Não, filho. Você desaprendeu seus nós. Precisa se curar de vez dessa frouxidão toda. É perigoso demais sair pro mar e viajar seus longes desse jeito. Não posso arriscar perder você.*

Velino ficou na praia a ver o pai sumir, assistindo à esperança e à razão também desaparecerem. Maribela não parava de ir embora, a todo instante a mulher do mar partia um pouco mais dentro dele. Num rompante, correu até em casa e retornou com uma pá. Tomado por insana fúria, começou a cavar a areia da praia e a arremessá-la sobre as águas, como se quisesse castigar o oceano pelo que sentia. Elisa ficou surpresa com a estranha atitude do irmão:

– *Velino, o que... o que você está fazendo? O que deu em você, irmão?*

– *Quero enterrar o mar! Quero enterrar essa desgraça que abre lonjuras entre as pessoas!*

– *Para com isso, por favor!*

– *Como parar, mana?! Não posso, nem tenho como. Esse mar é o fim da nossa vida! Ele tem que morrer, vou enterrar ele de vez!*

— *Não dá, irmão! Para!*

— *Não paro enquanto não conseguir. Vou abrir um caminho pra gente ir andando até onde quiser. Pra eu ir andando com meus próprios pés, pra eu ir atrás de mim e encontrar Maribela!*

Elisa se calou, ficou à espera de que Velino se cansasse de tamanho destempero e retomasse a lucidez. Que ele se desse conta de que não poderia enterrar o mar. Que o mar nunca morreria. Manteve-se ao lado do irmão que tantas coisas lhe ensinara. Que a ensinou a andar e a brincar. Que a ensinou a pescar e a desenganchar seus anzóis. Ao lado do irmão, Elisa desatou a pensar: *Gente é mar. Não demora e logo começa um ir e vir dentro da gente. Ondeia, acalma, ondeia... Tem coisas na vida que vão e vêm, pensamentos que vão e vêm. Sentimentos que vão e vêm. Alguém dá conta de pôr ordem no mar, de interromper suas ondas? De mostrar seus caminhos onde se deve espraiar? O mar não tem casa, não escolhe lugar onde se deitar, nem hora pra isso. No seu tamanho, vem e bebe tudo pela frente, bebe a gente! E vem morar em nós. Nos enche e nos transborda. Gente é mar...*

Velino seguia na vila, mas havia muito desabitava seu lugar. Vivia no pensamento que se desgarrava. Passava os dias na praia, alimentando sua fogueira com a parca lenha que ia buscar distante. Assoprava, assoprava... O peito e o fogo ganhavam vida. Elisa se mantinha ao seu lado, oferecia suas palavras e um lenço surrado:

— *Tome, irmão. Seque um pouco seus olhos, pra não te atrapalharem.*

— *Não quero, meus mareados me fazem ver melhor.*

— *Não adianta nada ficar chorando...*

— *Isso não é choro, mana. Não é tristeza o que me enche. É outro sentimento que me transborda. Amor de mar... Que não para de me sacolejar dia e noite, não desgarra de mim.*

— *Esquece ela, irmão, é melhor. O que dói mais, lembrar dela ou esquecer?*

— *Como esquecer?! Ela sou eu, mana! Ninguém se esquece de si mesmo, do que se é. Não dou conta disso. Elisa, é possível a gente velejar em alguém? Se afogar pra sempre numa pessoa?*
— *Nem fale uma coisa dessas, Velino! Tenho muito medo... de você partir.*
— *Largue dos seus medos, mana. É da gente tudo o que é da gente. Até o comum de quem parte, mesmo sem ter ido embora, é normal de acontecer. Eu sou a prova disso.*

Numa manhã fria, o oceano faltou ao seu compromisso. E, diante de tão grande ausência, todos na vila ficaram boquiabertos. Juntaram espantos na praia perante o mar que não havia despertado. As águas amanheceram desmaiadas. Sua superfície espelhava o firmamento em perfeição, a confundi-lo com a terra. Misturavam o espaço desorientando paisagens, invertendo naturezas. Nuvens submersas enfeitavam o fundo do oceano, cardumes coloridos migravam no céu em meio às algas flutuantes. A estranha condição compôs nova ordem, anunciou mistério e receio aos habitantes do lugar:

— *Minha nossa! O mundo está a plantar bananeira? Ou a gente é que cambalhoteou no viver?...*
— *Sãdito, minha gente! Tem peixes nadando no vento!...*
— *Espia os lambaris fazendo ninho no jambeiro...*
— *Será que ganhamos guelras e já respiramos dentro d'água? Ou é o céu que quer se fazer de estrada, num caminho travesso?!...*

Elisa tentava domar o mundo que se reinventava à sua volta, quando avistou um barco se aproximando. A nau deslizava no sossego da paisagem reinventada, sem marcar a água, bordando marolas no ar. Confusos, os moradores não sabiam se o barco chegava pelo firmamento ou pelo mar. O pânico os tomou com a perturbadora imagem. A menina sorriu com o pensamento que teve. *Maribela...* Arriscou sem medo de errar a causa de tudo que os envolvia, convocou o irmão:

— *Velino, corre! Maribela voltou! Acredite, irmão, isso é um sonho! Ela voltou!*

O rapaz se aproximou da praia, à margem do mar, à margem do céu. E, com os olhos mareados, sorriu com a tão esperada visão. A mulher do mar estava de volta. Tomado de felicidade ao rever sua amada, teve a intenção de correr até ela, quando sua mãe o agarrou firme pelas mãos:

— *Não entre nesse troço.*

— *Que troço?! Isso é apenas um barco, mãe.*

— *Uma coisa que navega o mar e o céu ao mesmo tempo pode ser tudo, menos um barco!*

Sereno, ele a fixou nos olhos e respondeu:

— *Preciso ir, mãe. Eu não me demoro, eu volto. Um dia eu volto.*

— *Meu medo não é você não voltar, meu filho. Meu medo é que nunca mais regresse.*

Com carinho, despediu-se da mãe e seguiu pisando a água até Maribela. Exasperado diante da ameaça de a mulher levar o filho, o pai impôs sua autoridade:

— *Não se atreva a embarcar nessa cangalha, me obedeça!*

Velino se voltou para ele.

— *Não tenho outra escolha, pai.*

— *Você não vai durar três dias nisso. Na primeira tempestade, babau! Vai você e toda essa tralha direto pro fundo do oceano de uma vez! Você é novo, tem caminhos que você ainda não conhece nem imagina!*

— *O mar esconde muitos caminhos, pai, eu sei. Mas será que também não guarda muitas saídas?*

— *Menino mais desaventado! E ainda responde com pergunta de floreio, que eu nem sei responder! Reborbulhou as ventas... Vai embora, assim, em rumo d'água?! Na loucura de velejar nas ideias de uma mulherzinha aguada?!*

Velino pausou os pés, ficou pensativo diante do que o pai disse. Os moradores, que a tudo assistiam, aguardavam sua decisão. Em sussurro, uns condenavam sua submissão a uma estranha. Outros imploravam que o rapaz abandonasse seu querer, o descabido sentimento. Que renegasse a mulher do mar e guardasse obediência ao pai, obediência ao juízo. Velino respondeu:

– *Eu não vou navegar nesse barco, pai. Nem nas ideias de Maribela. São eles que já velejam em mim.*

Elisa correu até o irmão e se jogou em seus braços:

– *Deixe sua dor comigo, irmão, eu te peço. Um pouquinho só, eu cuido dela! Vai pesar menos na sua viagem.*

– *Não é preciso, mana. Minha dor se derramou de mim e se espalhou nesse tanto de água... Eu não tenho mais ela.*

– *Mas seus olhos continuam encharcados...*

– *Eu sei. Esse mareado é o reflexo de tanta água que vejo, de tanta água que há em mim.*

Velino se afastou e subiu no barco, foi acolhido por Maribela com um doce sorriso.

– *Você está pronto? Deseja vir comigo pra qualquer lugar, até onde as ondas não acabam? Deseja velejar comigo nas águas do mundo todo, nas águas de toda gente?*

– *Eu estou aqui, a bordo.*

– *A partir de hoje, essas águas serão sua casa. E o vento será seu guia.*

Ambos sorriram a selar eterno juramento.

– *Maribela, me ensine a inventar um mar em mim.*

– *Você já sabe, Velino. Você já tem um dentro de você.*

O barco partiu suavemente, na pressa de um dia chegar a nenhum destino, no único desejo de inventar paisagens. Velino acarinhava os cabelos de Maribela, que sombreavam os olhos e as sobrancelhas, quando sentiu os dedos e a mão encharcados. O carinho fez desprender dos fios da amada o borbulhar das profundezas do oceano, o odor de ilhas desertas a ondear seus cachos. Reconheceu o perfume de horizonte de que ele tanto gostava, que, mais uma vez, se aflorava. Aproximou-se dela ainda mais e sentiu a corrente que percorria as mechas caídas sobre os ombros. Delicada queda, sutil cachoeira. Estremeceu diante de tamanha força, suas pernas perderam a firmeza. E, num último instante, titubeou na certeza, em sua entrega. O medo de se afogar em Maribela e se perder para sempre o visitava. Não sabia se suportaria a firmeza da própria decisão. Pensou em tudo que de fato sabia, pensou em tudo que desconhecia. Respirou fundo, encheu o peito de ar e, soprado por tamanha coragem, aferrou-se aos cabelos da mulher, sussurrando em seu ouvido:

– *Maribela, siga pra bem longe. Navegue até onde não haja mais terra...*

Velino não resistiu à intensa corrente que sentiu, a força que o arrastava, e num salto cego sucumbiu à sua natureza. Mergulhou. Deixou-se levar, desaparecendo para sempre no mar dos cabelos de Maribela.

O LAMBARI, O CAPITÃO E A MENINA-D'ÁGUA

Durante horas o carro percorreu um estreito caminho de terra margeado por um capim alto, feito elevadas páginas a guardar muitas histórias. Era um livro verde que parecia não ter fim. O vento soprou forte e, ao folhear o mato, revelou o hotel distante, uma antiga construção à beira de um penhasco. Decadente e isolado, o prédio suspirava cansaços, arfava seus dias com os olhos de ontem. Pronto a se lançar.

Estacionaram, o menino foi o primeiro a descer, pôs-se a admirar a velha hospedagem. Cercada por muitas pedras, a hospedaria cumpria cega obediência às águas, acanhada baía que repousava no fim de uma trilha íngreme. Nenhuma outra construção havia ao alcance da visão, o lugar existia na obrigação de manter seu compromisso com o tempo.

Dorival, o velho proprietário, era um homem a sobrar, diligente em seu papel. Ele os recebeu com a voz e o sorriso esquecidos. O pai do menino se apresentou:

– *Bom dia, meu nome é Heitor. Eu fiz a reserva de dois quartos, um pra mim e meu filho, e outro pra minha irmã. Os dois são com vista pro mar.*

– *Sim... não se preocupe, o mar tem vista pra todos.*

A vestir magrezas e com o peito aninhado, Lu se apoiou nos ombros do sobrinho. O menino sentiu a leveza de suas mãos a manter o equilíbrio, a permanecer em pé. Ele quis saber o que ela estaria pensando, mas não teve coragem de perguntar. Sabia que a tia se negara a conversar com o mundo, e seu corpo fechava e fechava, um pouco mais a cada dia. A pouquidão lhe dobrava. *A minha tia é do mundo das conchas...* Ambos estavam a vislumbrar a paisagem e outras lonjuras quando o pai os chamou para entrar.

Dorival, alto e forte, pegou as malas e seguiu para os quartos, arrastando os pés no gasto assoalho de madeira. Admirado, o menino tentava, em vão, dissimular sua intriga diante do semblante daquele homem, de sua barba cuidadosamente repartida. A metade esquerda era preta, e a outra parte, branca. A despeito do seu tamanho e da idade avançada, Dorival subiu as escadas com notada agilidade, seguido por Heitor e pelo filho. Ao chegarem ao segundo andar, perceberam que a tia não os acompanhava, permanecia estacada no primeiro piso.

– *Lu, vem.*

A mulher encarou Heitor, com os olhos acontecidos.

– *Quer desistir, ir embora? Venha, irmã. Coragem!*

A mulher titubeou e, num passo hesitante, pousou o pé magro no primeiro degrau, fazendo a escada desprender um forte rangido. Dorival franziu a sobrancelha:

– *Quantos são ela? Sua irmã tá de barriga?*

O pai do menino respondeu que não e guardou para si outra explicação, o peso que a mulher carregava. O ventre de Carolina era mais que oco, a mulher gestava muitas ausências. Ela começou a subir, e os rangidos a acompanhavam passo a passo. Dorival admoestou a escada:

– *Deixa de ser ranzinza! Não vê que eles são nossos hóspedes?!*

A escada silenciou e o homem se justificou à família:

– *Não ligue pra ela, essa escada é muito resmungona, estranha estranhos! Logo, logo vai se acostumar com vocês.*

Deu as costas e seguiu pelo escuro corredor, anunciando a previsão do tempo para o dia seguinte.

– *Vocês deram sorte! Amanhã teremos sol, um pouco assustado, mas ele vai dar as caras! E a água vai estar rememorenta, ótima pra mergulhos!*

O menino despertou e foi até a sacada do quarto. Sorriu diante do belo dia que despontava, quando viu a tia descendo pelo tortuoso caminho de pedra até chegar à praia. Apressada, ela correu pela areia e avançou para dentro do mar, submergindo. Em seguida, ele notou o pai deixando o hotel, correndo pela mesma trilha, gritando por ela. Aflito, diante do longo tempo que a mulher se mantinha embaixo da água, Heitor mergulhou. Ele nadava de um lado para outro e reaparecia, de tempos em tempos, para tomar fôlego, com a respiração à deriva.

– *Lu! Lu!...*

Com a água ao nível do pescoço, Heitor estendia os olhos ao redor à espera de um sinal da irmã. Notando sua agitação no mar, o menino começou a chamar por ele:

– *Pai! Paaai!...*

Na sacada do quarto ao lado, surgiu um homem, com semblante fechado e passadas marcantes, causadas pela prótese de madeira que substituía uma de suas pernas. O homem fixou o mar e disse:

– *Não adianta gritar. Onde eles estão não escutam ninguém. As ondas falam mais alto.*

O menino se surpreendeu com tal presença, acreditava serem os únicos hóspedes no hotel.

– *Mas que ondas?! Não tem nenhuma onda nesta baía.*

– *Você ainda é um lambari, o fato de não enxergar nenhuma onda não quer dizer que elas não existam.*

– *Quem é você?*

– *Pode me chamar de Capitão. Eu vivo neste lugar há... sei lá quanto tempo! Pra falar a verdade, estou naufragado aqui.*

Subitamente, mais homens surgiram nas sacadas dos outros quartos:

– *Capitão, o tempo tá bom! Não há motivos pra esperarmos mais...*

– *Ele tá certo, Capitão, precisamos zarpar!...*

– *Os meus pés estão se empedrando, veja! Preciso pisar em alto-mar...*

Igualmente contrariados, outros homens engrossavam as queixas, gerando uma enorme balbúrdia. Altivo, o Capitão afirmou:

– *Ainda não é hora! Eu decido quando iremos partir.*

Os homens se calaram e, vencidos, retiraram-se, fechando as portas das sacadas. O Capitão se certificou de que todos haviam se recolhido e sussurrou ao menino:

– *Eu também tenho saudade do mar. Ele vive aqui dentro: o agitamento do coração são as ondas batendo, uma atrás da outra, sabia? É o que faz o corpo navegar. Eles ainda não aprenderam que o mar é quem escolhe a hora de velejar o homem, e não o contrário.*

O Capitão entrou em seu quarto e bateu a porta. O menino ficou a ouvir o seu andar coxo até, aos poucos, silenciar.

Ele foi ao quarto da tia e a encontrou sentada numa cadeira, trêmula de frio. Estava encolhida, fechando-se ainda mais, tentando acabar com qualquer espaço dentro de si, a não se caber de nada. Ele a esquadrinhava, ainda impressionado com seu fôlego, no demorado mergulho que fez e que parecia não ter acabado. *Onde fica o mundo das conchas?...* Usando uma toalha, o pai secava os cabelos de Lu e friccionava seus ombros, quando a curiosidade do menino começou a falar mais alto:

– *A água tava muito fria, tia?*

Ele e o pai se entreolharam, não estavam surpresos com sua apatia, já lhes era familiar. O que os preocupava era o oceano que a mulher guardava nos olhos. Segredaram:

– *Que foi, pai? Por que ela tá assim?*

— *Nada, filho. Sua tia só tá cansada de nadar, precisa descansar.*
— *Mas ainda é cedo e já tá cansada?!*

Ela se deitou e adormeceu. Heitor arrumava a toalha e os pertences da irmã no banheiro, enquanto o menino a observava, abatida, com o corpo imóvel. Por um instante, assombrou-se com a ideia de que ela havia parado de respirar. Encostou o ouvido em seu peito e ficou aliviado ao perceber que seus pulmões e coração trabalhavam suavemente, no ritmo das águas. E sorriu ao confirmar o que o Capitão lhe dissera. *As ondas batem, é o que mantém a pessoa neste mundo...* Num gesto largo e silencioso, Heitor chamou o filho para deixarem o quarto sem fazer barulho e não perturbar o repouso da mulher.

Os dois foram à praia, levaram brinquedos de areia e uma bola, brincavam chutando-a entre si.

— *Este lugar é bom demais, pai! Por que a gente nunca veio aqui antes?*
— *Eu e sua tia já estivemos aqui, há muito tempo. Você ainda era um bebê.*
— *Vieram de férias?*
— *Sim.*
— *E nunca mais voltaram, por quê? Pai, responde, por que não voltaram mais? Pai?*

O menino havia chutado a bola para muito distante. Sem pressa, o pai se afastou a buscá-la. Enquanto isso, o menino ficou observando o hotel e notou que, nas sacadas dos outros quartos, havia ao menos uma pessoa em cada uma delas. Com entusiasmo, constatou que o hotel estava repleto de marinheiros. Ele não conteve a alegria e, esfuziante, sorriu adejando os braços. O Capitão e todos os outros acenaram empolgações de volta.

O menino e seu pai brincavam na areia, erguiam um castelo com delicado capricho, na intenção de fazê-lo resistir às marolas que lhes chegavam.

— *Estamos prontos pra enfrentar o pior ataque. Nosso forte é o mais poderoso do mundo!*

– Aqui nenhum inimigo chega. Ninguém pode derrubar ele, né, pai?

– Ninguém! Nosso castelo é feito de uma areia muito especial, vinda do ponto mais fundo do oceano!

A tia desceu a trilha, caminhou pela praia e sentou-se distante deles, acercou-se de memórias e empilhou melancolias ao redor.

– Nenhum castelo é igual a outro, né, pai?

Heitor foi até ela, e o menino continuou a brincar sozinho, observando-os de soslaio, quando uma inesperada onda invadiu o castelo, inundou corredores e aposentos e o fez desabar.

– Ai, não!...

– O mar é sempre assim, tocaiento. Tá sempre nos tirando coisas, testando a gente!

O menino se surpreendeu com a súbita presença do Capitão.

– Não te vi chegar.

– Quer ajuda pra construir outro castelo?

– Não. Cansei.

O menino foi até o caiaque e, por causa do peso, arrastava-o com dificuldade pela areia. O Capitão correu em seu auxílio e, juntos, colocaram-no na água. O homem o ajudou com o remo e lhe deu impulso.

– Não vá longe. Um dia você será um grande pirata, mas ainda é um lambari! Não se esqueça!

– Tá bem. Meu pai me ensinou como fazer isso.

– Esse mar é sereno, mas hoje tá muito embaçado. Mar turvo esconde os olhos, cuidado!

– Tá bem.

– Qualquer coisa, é só gritar que eu te ajudo!

– Tá!

– Eu tô por aqui, se preci...

– Tá, tá, tá!

Usando os remos, o menino se deslocava, acarinhando a superfície da água, que lhe respondia segredos em seu marulhar. Em um gesto largo, Heitor pediu que ele não se afastasse, ao que o filho respondeu acenando obediência. Ele parou de remar e ficou sentindo as marolas batendo no fundo do caiaque. Vislumbrava as ondas fora da enseada, quando divisou uma única elevação crispando a superfície da água, encobrindo algo submerso que avançava rapidamente em sua direção.

A ondulação se aproximou, um clarão se fez ao redor da pequena embarcação, e ele pôde ver uma menina submersa, nadando de maneira agitada. Ficou perplexo ao notar que o corpo dela era aquoso e que seu contorno, delineado por uma sutil membrana, era o que a distinguia do mar. A tênue silhueta a impedia de se desfazer e se imiscuir no oceano.

A Menina-d'água bracejava piruetas e gracejos num deslizar alegre, como se estivesse a celebrar aquele encontro. Ela nadou ainda mais para o fundo e se perdeu de vista. O menino se curvou para tentar enxergá-la, e, aproveitando seu descuido, ela ressurgiu do outro lado, espirrando-lhe água. Surpreso, ele soltou um gritou, o que a divertiu. Ela sorria e articulava os lábios como se quisesse fisgar uma conversa, soltando borbulhas que se desfaziam ao chegar à superfície, liberando sons agudos e vibrantes.

– *O que foi? O que você disse?*

Ele afundou as mãos na intenção de tocá-la e pôde sentir seus cabelos: eram fios espessos de água. E ela, outra vez, proferiu seus ruídos.

– *O quê?... Eu não tô te entendendo...*

A Menina-d'água nadou vigorosamente até a superfície e o agarrou pelas mãos, convidando-o para ir com ela.

– *Eu não sei nadar...*

Ela insistia e o puxava com mais energia.

– *Eu não posso, este lugar é fundo!*

Assustado, o menino se aferrou ao caiaque e ela o largou, desistindo do seu intento. A Menina-d'água nadou na direção do fundo, até sumir de vez, quando a água ao redor da pequena embarcação voltou a se turvar. Ele olhou para a areia e viu o Capitão atento a ele. O velho marinheiro levantou a mão e gritou:

– *Lambari, tá tudo bem?*

Mesmo surpreso com o que tinha ocorrido, o menino o tranquilizou num gesto com a cabeça. E sorriu ao ver o Capitão ladeado por sete marinheiros, usando pás e baldes, aplicados na construção de um novo castelo de areia.

Depois do jantar, Heitor levou um lanche para a irmã, que estava indisposta. Entediado, o menino seguiu para o seu quarto e, na varanda, percebeu uma luz vinda do andar superior. Esticou o pescoço e notou um marinheiro, usando colete, com barba por fazer e um lenço amarrado na cabeça, segurando uma lanterna com uma vela acesa. O homem a balançava em variadas direções, repetidas vezes, enviando sinais. Depois parou e fixou o olhar na areia, onde havia mais três pontos de luz. Em seguida, uma das lanternas da praia respondeu com gestos semelhantes. Surpreso, o homem do colete berrou:

– *Capitão, Capitão! Eles encontraram!*

O Capitão surgiu em outra sacada.

– *Onde? Onde?*

– *Lá na areia! Veja!*

– *Isso é um milagre... Vamos!*

Diante de tanto entusiasmo, o menino não conteve a curiosidade.

– *O que eles encontraram, Capitão? Do que vocês estão falando?...*

– *Não tenho tempo pra explicar, vem!*

O menino, o Capitão e outros marinheiros desceram apressados pela trilha, chegaram à praia e se aproximaram dos marujos, que, assombrados, estavam ao redor de algo estendido no chão. Pela primeira vez o menino pôde ver todos os piratas de perto. Eles usavam roupas surradas, argolas de ouro, tapa-olhos e tinham cabelos compridos e desgrenhados. O menino passou entre os homens e ficou perplexo ao descobrir que o que os aturdia era a Menina-d'água, desacordada na areia. Aflito, o Capitão ordenou:

– *O que vocês estão fazendo aí parados?! Ajudem ela...*

Ressabiados, os marinheiros trocaram olhares:

– *É melhor não, Capitão. Isto não é gente, nem peixe, nem bicho nenhum... isto não é nada.*

Os outros completaram:

– *E não se deve tocar em coisa que não é nada...*

– *Dá azar...*

O Capitão perdeu as estribeiras:

– *Seus desclaviculados, bando de caroucentos! Então fiquem aí!*

Ele tentou erguê-la sozinho, mas não conseguiu. O menino correu em seu auxílio e ficou surpreso com o peso da menina. O Capitão orientou que ele a segurasse com delicadeza e usasse toda a força que tivesse. E, num único impulso, conseguiram suspendê-la.

– *Ela tem o peso de quatro homens!*

– *Eu conheço ela, Capitão.*

– *Eu sei que você a conhece. Agora anda, seja forte!*

Às pressas, os dois a carregaram na direção do mar.

– *Como ela encalhou?*

– *Às vezes acontece, qualquer um perde o rumo.*

– *Ela tá sem respirar.*

– *Elas aguentam muito tempo fora da água. Mas, desta vez, acho que essa daí exagerou.*

– *Como ela tem tanto fôlego, Capitão?*

– *Isso não é fôlego, é saudade que enche os pulmões dela, na vontade de viver de novo.*

– *Então ela tá... morta?*

– *Fale baixo, Lambari, não deixe ela escutar isso. Tem coisas que a pessoa é que tem que descobrir por ela mesma.*

Mergulharam-na na água, e a menina submergiu, desparecendo no escuro do seu fundo.

– *Mas ela sabe que não pode sair do mar?*

– *Sabia, mas não sei se veio a saber que um dia soube... Mas o problema não é o saber, são as vontades da pessoa, que têm sabedoria maior, sabia?!*

Os dois ficaram a contemplar a noite do mar, na incerteza de que o esforço teria sido suficiente para salvá-la.

– *E agora, Capitão?*

– *Não podemos fazer mais nada. Mania de costume teimoso esse, de querer nadar perto da areia, na cisma de querer ser o que já foi.*

O menino e o pai saíram em caiaques, divertiam-se a competir, mas tomavam o cuidado de não deixar a baía, de não se expor ao mar aberto, que batia forte, distante, nas pedras.

Heitor parou de remar e esticou os olhos à procura de algo e sorriu, quando, ao redor deles, um clarão se fez na água. O menino ficou admirado ao enxergar a tia submersa, nadando. E ficou ainda mais surpreso ao notar a Menina-d'água ao lado dela.

– *Elas estão brincando!*

– *É claro que estão, filho.*

Os dois se mantiveram atentos, encantados pelo raro entusiasmo de Lu, ao lado da menina, desbravando profundezas que só a elas pertenciam.

– *Ela tá ali!*

Logo depois de o menino tê-la enxergado, Lu surgiu à superfície, retomou o ar e nadou na direção deles, apoiando-se na pequena embarcação de Heitor.

– *Tia, que fôlego você tem!*

Ela respondeu com um sorriso-presente, encostou a cabeça junto ao caiaque e fechou os olhos. O menino pôde ouvir um forte borbulhar acontecendo dentro dela, eram os mesmos sons que a Menina-d'água emitiu. Ele intuiu que fosse uma forma de conversarem, num jeito que só elas compreendiam. *O que mais as conchas guardam dentro de si?...*

O menino ouviu estranhos barulhos no hotel e, seguindo esses sons, acabou encontrando uma estreita passagem embaixo da escada. Ele atravessou a abertura e acedeu ao porão, onde se deparou com os marinheiros cavando o chão, espalhando terra para todos os lados. Enervado, andando de um lado para outro, o Capitão tentava demovê-los da ideia de abrir aquele buraco, mas sem sucesso, os marujos seguiam fixos na ideia de aprofundar a escavação.

– *O que tá acontecendo, Capitão?*

– *Os miolos deles empaparam! Estão cavando sem ter o que desencavar!*

– *Por que estão fazendo isso?*

– *Desde quando desatino tem algum juízo?! Querem matar a saudade de desenterrar coisas, só isso! Deviam guardar as forças pra quando partirmos, pra quando chegar a hora de, realmente, terem um motivo pra cavar! O mundo tá cheio de coisas pra serem desenterradas e de outras que devem ser deixadas embaixo da terra, e eles não sabem distinguir uma coisa da outra!*

– *Mas, então, não tá certo que eles treinem, pra, quando chegar a hora, terem força e saberem o que fazer?*

Enfurecido, o Capitão se voltou para o menino, agarrando-o firme pelo braço:

– *Escute uma coisa, Lambari. Quem você pensa que é pra me ensinar como devo agir com meus homens, hein?!*

– *Desculpa, eu só... só...*

– *Só! Isso mesmo. É melhor você aprender a obedecer, senão um dia acabará só, como todos eles são! Entendeu? Olhe pra isto ao redor!*

O Capitão largou o menino, que foi direto ao chão, e, batendo forte com as palmas das mãos nas paredes carcomidas do lugar, avisou:

– *Este barco é meu! Ele partirá quando eu decidir. Eu sou o capitão aqui!*

Acovardado diante da fúria do homem, o menino se calou, encolheu-se num canto e sentiu o chão perder a firmeza, adquirindo um leve oscilar, como se o hotel estivesse a rememorar um esquecido velejar.

O menino levava um copo de leite para a tia quando se deparou com Dorival a caminhar, apoiando-se na parede. O gesto fazia o corredor inclinar, cedendo à força que o velho hospedeiro fazia. De modo displicente, o homem perguntou se ele estava aproveitando o feriado, ao que o menino afirmou que sim. O anfitrião pegou um enorme molho de chaves no bolso e abriu a porta de um quarto. Em seguida, abriu outro aposento, depois mais outro, quando percebeu o menino intrigado.

– *Não é só gente que precisa respirar, toda casa também precisa. Ninguém gosta de ficar desabitado.*

Depois de abrir todos os quartos do andar, Dorival se dirigiu ao terceiro piso. Instantes depois, o hotel se inclinou para o outro lado. O menino seguia atento, a escutar o tilintar das chaves, das muitas portas sendo abertas.

Ele foi até a tia e a encontrou dormindo. Colocou a bebida em sua cabeceira e, na sacada, pôde ver o pai pescando na praia.

– *Não há peixe aqui. É perda de tempo!*

A fala do Capitão não o surpreendeu. Em sua varanda, o marinheiro também observava Heitor e completou:

– *Essa enseada é uma barriga doente, esquecida do seu papel de ventre. Ela não dá à luz, mas a toma! Por isso tem essa cor, é embaçada... Não tem coisa viva lá dentro, por menor que seja.*

– *Mas a Menina-d'água tava bem viva quando eu a vi pela primeira vez. E depois também, quando ela nadava com a minha tia.*

— *A menina nada em sua tia, é muito diferente. É um agarrado só, coisa de filha e mãe!*

— *Então a menina é minha... Agora entendi, eu já ouvi ninguém falar dela!*

— *Então, desescutou muito bem! Tem gente que se despede mas não parte, vem e vai, e desaparece debaixo do nosso nariz quando menos se desespera... Coisa trevosa! Me dá até uns saracuticos no pé que eu não tenho!*

O Capitão se apoiou na mureta da sacada e disse com a voz grave:

— *Quando ela some, é porque tá mergulhada em alguém. Conheço esse tipo, já vi, e já deixei de ver, muita coisa neste mar afora!*

A fala do Capitão o impressionou. Atemorizado, o menino deixou a sacada e fechou a veneziana. Preferiu acreditar que aquele homem não passava de um corsário velho e insano, amargurado por não mais singrar os mares, por viver naufragado em si mesmo.

Ao sair do hotel, o menino notou outros buracos no terreno, circundando o deteriorado prédio. As escavações passaram a ser feitas em toda parte, não apenas no porão. Apesar do jeito sombrio do Capitão, o menino teve de admitir que ele estava certo, seus marinheiros estavam à deriva.

O menino desceu até a praia e se juntou ao pai, quis saber se ele havia pegado algo.

— *Não estou pescando, filho.*

— *Então, o que você tá fazendo aqui, com essa vara?*

— *Estas águas, este mar... fisgaram a gente.*

Os dias desistiram de correr, e o menino se cansou da rotina do lugar. Aproveitou que o pai e a tia dormiam e entrou no mar com o caiaque. Queria chegar ao fim da enseada, romper seu limite. Aspirava a ver o que existia do outro lado, sentir a força das ondas. Remou até bem distante, mas, ao se aproximar do fim da baía, notou que a pequena embarcação não lhe obedecia. A enseada erguia invisível barragem. Ele insistiu com vigorosas remadas, sem sucesso. E, num ímpeto, mergulhou e começou a bracejar, mas logo percebeu que as braçadas também lhe escapavam, o mar aberto teimava em lhe fugir.

Cansado, decidiu parar, quando notou que a praia havia ficado distante e o caiaque já estava longe, levado pelas marolas. Ainda assim, manteve-se determinado, pegou fôlego e retomou o desafio.

Depois de tanto esforço, o menino acabou sendo recompensado, conseguiu atravessar a divisa da baía e pôde ver as ondas de perto. Observou onde elas eram interrompidas, notou as rochas que as impediam de adentrar a enseada. Mais uma vez, lembrou-se do Capitão, quando afirmou que as ondas faziam o coração seguir batendo. E, desanimado, concluiu que, se o pensamento do velho marinheiro estivesse certo, a enseada, sem ondas, seria um enorme coração abatido.

O menino contemplou os inúmeros barcos, de diversos tamanhos, que seguiam em linha até o fim do oceano, onde o céu se fazia de mar. Exausto, ele se mantinha na superfície da água a observar o horizonte, um lugar que não era terra, nem água, nem firmamento. Teve a certeza de que o horizonte era um lugar que não existia, um vazio onde todos os barcos do mundo despencavam, no cumprimento de imerecido dever.

– Ei! Ei!… Eu tô aqui!… Vocês estão me vendo?! Voltem! Eu tô aqui!…

As embarcações navegavam longe demais, surdas demais.

Ele decidiu regressar ao hotel, tentou alcançar o caiaque, mas, por causa da fadiga, seus membros não mais lhe obedeciam. Boiou, na tentativa de recuperar as forças, para, em seguida, prosseguir. Mas o sol e o sal lhe queimavam o rosto e a visão, drenavam ainda mais sua energia. Aos poucos, seu corpo foi sendo acometido por insustentável peso, exigindo-lhe presença, uma presença que lhe escapava.

O menino submergiu o rosto, abriu os olhos, mas o turvamento não permitia enxergar o que estava a dois braços de distância. O esgotamento e o medo lhe tomaram, trouxeram-lhe um estranho querer. Desejou ver o que havia em seu fundo, entregou-se e deixou-se pesar.

Lentamente, ele chegou na profundeza da baía, pisou a terra e sentiu sua fina textura. Firmou os olhos e pôde divisar, distante, um pequeno feixe de luz, uma lanterna ancestral a lhe apontar um rumo. O menino começou a caminhar naquela direção, deixando um rastro de poeira úmida para trás, quando a Menina d'água surgiu nadando ao seu redor, soltando borbulhas numa ruidosa tagarelice. Ele sorriu ao constatar que ela estava viva e por, finalmente, compreender o que ela dizia.

A menina lhe dava boas-vindas, contou a saudade que sentia dele, apesar de não o ter conhecido. E lhe narrou muitas histórias num longo borbulhar, acontecimentos que o menino desconhecia. Ele a indagou sobre o que a prendia naquela enseada, com tantos mares mundo afora para conhecer. Ela respondeu erguendo os ombros, num sei lá, ignorando o motivo. O menino intuiu que a invisível barragem que tentou aferrá-lo à baía também pudesse se estender sob as águas e, provavelmente, era o que a guardava naquele lugar. Mas, subitamente, paralisou diante da temível ideia de não poder voltar a terra, de ambos estarem fadados a viver para sempre no mesmo turvamento.

A sua abstração foi interrompida pelo estrondo abafado de alguém mergulhando. Ele se voltou à superfície da água e viu a tia nadando em sua direção. Ao se aproximar, Lu e a menina se entreolharam, deram-se as mãos entrelaçando os dedos e partilhando sorrisos derramados. Em seguida, Lu puxou a Menina-d'água para perto de si, e se evolveram. No abraço, a sutil membrana que emprestava contorno à menina desfez-se, dissolvendo olhares, gracejos e encontros. O menino ficou admirado diante do que acontecia. *Onde um oceano começa, e onde ele acaba?*

Lu agarrou o menino firmemente e, às pressas, levou-o de volta à superfície. Durante todo o caminho à tona, ficou a mirar a profundeza daquele lugar ficando para trás, onde a menina deixou de existir, onde a menina passou a viver imiscuída à eternidade das águas.

Heitor e Lu guardavam as malas no carro, enquanto o menino percorria o entorno do velho hotel. Ele observava as janelas empenadas e as paredes sem cor, queria levar na memória cada detalhe daquele lugar, quando viu o Capitão na sacada do quarto.

– *E a Menina-d'água, Lambari?*

– *Ela se foi!*

– *Você foi muito corajoso, mergulhando tão fundo! Parabéns, agora você é um verdadeiro marinheiro!*

A conversa foi interrompida pelo chamado de Lu:

– *Tá tudo no carro, vamos embora!*

O menino gostou de ouvir sua voz depois de tanto tempo e gostou mais ainda de notar um leve riso no semblante da tia. *As conchas guardam muitas coisas...* E voltou-se para o Capitão:

– *Eu tenho que ir.*

– *Uma hora todo mundo precisa, Lambari.*

– *A gente vai se ver de novo, um dia?*

– *Esse mundo é só água. Basta navegar e navegar... que a gente acaba se encontrando.*

Entraram no carro, Heitor deu a partida, enquanto Lu colocou o rosto para fora da janela, aproveitando o calor do sol, que, não mais assustado, tornava a dar as caras. Quando o veículo entrou em movimento, o menino voltou-se para o vidro de trás e pôde ver Dorival, o velho anfitrião, fechando a porta do hotel. Observou o Capitão gesticulando, dando ordens de comando aos seus marinheiros, que, empolgados, obedeciam. Com alegria, o menino escutou o último aviso do Capitão:

– *Vamos zarpar!*

Dorival retirou uma longa madeira fincada no chão, que servia de suporte para o varal, revelando a extremidade enterrada, curva, feito uma âncora, e a arremessou para dentro do prédio. Ele apoiou as mãos na parede da hospedagem e, com nítido esforço, empurrou o prédio até a beira do penhasco, correndo e saltando para o seu interior. Lentamente, o prédio inclinou e pendeu, deslizando pela encosta, arrastando pedras e troncos consigo, até chegar à enseada e flutuar calmamente em suas águas. Os marinheiros jogaram cordas de uma sacada para outra, forjaram nós, e, nas varandas, surgiram três velas enormes, que logo inflaram com o vento.

Serenamente, o velho hotel retomou sua jornada, atravessando a enseada, dissipando seu turvamento. Mesmo distante, o menino pôde divisá-lo inventando coordenadas, ganhando o mar aberto, onde as ondas ainda batiam.

TERRA SEM CHÃO

    Pai-mãe. Travessia acordabambeada de um caminho que pode ser perto ou de abismo, para outro lado que nem aparece em vista de existência. Assim, sempre. E no meio hifeniado, o que acontecia? A pessoa, eu. Das minhas pulgas andei cheio a me fartar, de sobrar na orelha e nas dobras do ouvir. Acreditei que toda gente tivesse pai e tivesse mãe, na certeza da lei. Acreditei, era a ordem, coisa de direito. Mas também tinha os esquerdos, como eu, que nasci coxo no gostar. Reclamava pouco, de queixume, só um bocado, quando lembrava! Gastura assim só servia rasa, aparada no broto para não florear tristezas, pensava. Rapagote, eu já sabia do que nem desconfiava. Mas, sem desmerecer minhas próprias sabedorias, ainda guardava esperancicas no fundo do bolso, de um dia me juntar em família inteira. Rapagote, eu já sentia o que nem desconfiava.

    Sempre percebi o homem eclipsado distante, em seu diferente, desmundado e todo nele. Só se tornou aproximado e perto depois de um duro cavar, graças à minha reta vocação de, no sério, abelhudar. Minha mãe e eu chegamos na casa dele na função de moldura. As paredes, cheias de vazios, eram faltosas de ombros e seus recostados. Viemos. Em inauguração de lar, de imediato, sonhei em ficar inteiro, juntado de filho, emprestado de pai, com meus hifens sonhados.

O homem eclipsado com quem passamos a conviver sempre foi reticenciado, moitado em excesso. Era possuidor de brilho, notei isso com crença, na fé de inventar um gostar, mesmo notando os apagados dos seus polimentos. Ele tinha atividade d'um jeito bom, mas em seus enviezados. Era o que eu enxergava com meus olhos de ilusão. Pressagiei ele desse jeito, na primeira vez que desconversamos. Criando passados, inventei a lembrança de nós dois termos sido iguais, um dia. Escarrado e cuspido. Eu tal-qualzinho ele em seus antigamentes, no jeito e nos desarrimos. As vontades juntam a gente.

Depois de onze meses sob seus desolhos, nos corredores dos bons-dias, quase nenhuma palavra ouvi sobrar da sua boca. Vinte e seis!, no difícil do meu escutar. Lembro e recordo isso para não esquecer, pois vão longe aqueles dias. Naquela época, eu minguava muito de mim, era um rapagote mais que desjuntado. Minha mãe sabia das minhas faltas e curiosidades, logo me despermitiu saber, em perguntas de voz, a respeito da pessoa daquele homem. Recalei-me. Eu pensava que toda gente nascia inteira, na economia de problema, e já vinha com nomeado próprio de tais pontes, os hifens da vida. Pensava.

Minha mãe e ele eram parentes dos Infortunados, primos em quinto grau. Ela soube da sua desexistência num fiapo de notícia trazida por uma tia:

– *Ouvi falar de um homem solitário, perneta no espírito, necessitado de muleta pr'alma. É um sujeito precisado de muito, ainda que sem saber, de uma mulher prendada, com o fim de companhia e chamego.*

A tia dizia que o homem eclipsado era um sem-cama, viúvo da vida. E minha mãe em seu estado, órfã por mim e por ela, veio a se engraçar na pressa de não perder um ombro, na precisão do desencalhamento. Solidão na morte era coisa da vida, mas solidão na vida era coisa da morte. Por isso, agarrou firme nos cabelos da sorte, mesmo no risco de encarecer a dita cuja. Ela e ele passaram a trocar solidões através de bilhetes. A tia se fez de mensageira matrimoniosa, coautora nas garrancheadas propostas. Acrescentava timidezas apimentadas aos papéis no apressar do ajuntamento, amadrinhou-se por isso.

Lembro do dia em que, olhando o casal, minha mãe mais o homem eclipsado, uma pergunta me veio:

– *Mãe, você gosta dele, lhe tem amor?*

– *Ave Maria, filho! De onde você desencavou essa palavra?! A gente vive junto pro amparo dos dias e no custeio pra velhice. Pras coisas de casa e função! E também no mensal de umas quenturas que um rapagote como você ainda não tem saliências pra saber. Isso tudo somado não é amor, mas é perto, é vizinho de muro.*

No acender do dia, era comum o homem sair de casa em escondido rumo, levando consigo uma pesada sacola. Sabendo de mim, minha mãe não poupava avisos para eu me desbotucar.

– *Menino, encurte as bainhas dessa bisbilhotice! Olho não tem mão nem pé, quando tropica se omeleta no chão e não se junta nunca mais nos reparos!*

Mas eu não resistia. Certa vez vi ele sair e, expediente, fui atrás, perto longe. O homem pegou uma trilha, atravessou capim, cupim. Depois de um tempo, julguei ter perdido ele de vista, quando, no pronto, fui assombrado com a sua despresença atrás de mim. A minh'alma chegou a espirrar! Junto ao susto, as tantas falas, sossegadas e mornas, do ex-quase-mudo homem eclipsado, também me pasmaram:

– *Por que o menino está me sombreando, pisando na raspa d'um estranho?*

– *O senhor não é um estranho, é o marido de minha mãe.*

Ele me olhou seco. Em seguida, deu as costas e seguiu seu caminho. Pausei-me no mesmo lugar diante do seu olhar, que ficou estatuado à minha frente a me interpelar, enquanto o homem já andava longe. Um tempo depois, o olhar se desfez, e eu pude, finalmente, continuar. Corri até o alcançar, quando o vi se aproximando de uma casa antiga no fund'um vale, desabitada e mastigada pelo tempo, com uma rocambolesca calha para coletar as águas da chuva. A estrutura parecia querer guardar o céu e todos os seus molhados, no proveito da mais menos molhada gotinha! O homem pegou uma enxada na varanda e fez carinho na parede, como quem reencontrava um velho animal de estimação, fiel amigo. A casa abanou o rabo. Naquele instante, abriu em mim outro lugar.

Ele foi ao quintal e começou a revirar a terra, feito estivesse a preparar um plantio. Era o chão mais seco do mundo. Perguntei para mim se haveria terra mais estorricada que aquela. O homem fazia enorme força para abrir pequeninos sulcos. Em seguida, tirou da bolsa três sacos com terra. Derramou o primeiro entornando o contido na berma e, com a enxada, encobriu aquele punhado de terra com terra, fechando suas gretas. Embasbaquei quando vi o homem semeando areia. Ele repetiu a mesma semeadura até esvaziar os sacos que tinha levado, cada qual em seu lugar. Por fim, cravava pedaços de madeira no chão a demarcar todas elas. Já não me cabia em mim, nem no mindinho do aguentar, d'um grão sequer, tamanho desentendimento! Será que ele pensava que aquilo iria brotar, erguendo uma árvore de terra? E que serventia teria uma estrambólica planta de areia? Ou, quem sabe, queria ver madurar empoeirados frutos para engasgar as goelas e coliriar ciscos nos que ali se sombreassem? Não me calei nos conselhos de minha mãe:

– *O que o senhor tá plantando?*

– *Eu não tô plantando.*

– *Mas o que é isso, aí dentro, que o senhor trouxe e tacou nos buracos?*

– *São pegadas. Eu estou enterrando pegadas, tudo que morre carece de um ritual.*

– *Enterradas?! Mas pegada não morre.*

– *Todas morrem, mas algumas esquecem que já não têm vida. Então, sou eu que tenho que avisar a elas.*

– *E de quem são essas pegadas aí?*

– *São que eu encontro na estrada, de gente que conheci e desconheci. De gente que pisa longe e até de quem já anda distante.*

Com dificuldade, o engrouvinhado do seu rosto mostrou que sentiu dores fortes ao se ajoelhar no chão. Mãos nas costas, uns ais, uns uis, e a dureza da perna resistindo a se dobrar marcavam seu esforço, feito fosse travar a qualquer instante pelo simples gesto que fez. Esse sofrimento do corpo, já tinha notado eu, mas algum andamento aconteceu para ele se doer ainda mais daquele jeito, no pior do ruim. Com brandura, encostou a mão espalmada no chão do seu cemitério de pegadas. Manteve o gesto por um piscar, uma fração de agoras, e a terra tremelicou. Já não tinha meus olhos em mim com o que acontecia.

– *O que o senhor tá fazendo?!*

Aos poucos, a tremedeira do chão foi tomando forma e, com espavento no coração, vi surgir uma renque de palavras na terra, feito se um invisível dedo estivesse a escrever, com pressa, um recado, uma história ou uma carta. O homem eclipsado apartou a mão do solo e pôs os olhos a correr de um lado para outro, a ler o que surgiu nas páginas do chão. Travado na fé, perguntei o que era aquilo.

– *Um diário. Eu estou lendo um diário.*

– *O quê?*

– *É isso mesmo que você ouviu. As pegadas contam tudo, falam dos pensamentos das pessoas que pisaram elas. A terra é um livro, onde estão escritos nossos segredos mais profundos.*

– *E o que essa daí tá contando?*

– *Uma história antiga dela, de saudade. Mas essa saudade é diferente, tem suas fomes e suas sedes. E também sorri e faz xixi. A saudade dessa pegada ainda vive.*

Não fazia tino de nada daquilo. No pouco, até gostava de o descompreender, no alívio de saber que tinha gente muito mais manca do que eu neste mundo. No muito, uma instigação me fazia querer saber mais sobre ele. De uma vez por todas, desprezei os avisos de minha mãe para eu cultivar distâncias em minhas proximezas com ele. Passei a rever o homem eclipsado num caminho sem volta, num desculpado admirar. Espiando aquele homem, espelhei minha pessoa inteira na metade que sou, pela primeira vez, num estrear de sentir. Sem nenhum hífen, esse meu sonhado chamar. Pai-mãe. Coisa inventada no que nem existia. O homem eclipsado subitamente ganhou existências e um nome, que, apesar de miúdo, usava de esconderijo, escondia todo o seu tamanho. Serino. De imediato, destrinchei minha vontade de saber do seu resto.

– *Pra que você quer conhecer o meu nome todo?*

– *Minha mãe diz que os outros nomes é que amarram um sujeito no mundo e fazem a pessoa ser gente.*

– *É, os sobrenomes são outras pegadas, são passos mais fundos.*

Ele me encarou, balançado no pensamento, e disse:

– *Tá certo, você já marca o chão, já se pode saber de algumas coisas. Meu sobrenome é Dionti. Serino Dionti.*

Olhei para ele e, no costume e gosto de não pensar, perguntei:

– *Seu Serino Dionti, o senhor quer ser meu pai?*

Seu olhar árido, desrascunhado de intenção, fez congelar o meu. Na suspeita de ter ofendido ele, tentei consertar minha pergunta antes mesmo de ter sua resposta:

– *Eu quis dizer pai, mas não no trabalho e na ocupação de todo dia, mas só de vez em quando. De mês a mês já tá bom.*

– *Eu não sou teu pai. E, se eu não sou, nunca vou ser. Nenhuma vez mais me chame assim. Essa palavra é por demais sagrada.*

Ele me deu as costas e saiu a conferir seus enterros. Fiquei embatucado. A negação de uma inventada criação me secou o peito. Quantas vezes se perde um pai?

Apesar de tanto de nada, continuei a admirar o seu jeito. Queria descobrir, nele, parecências comigo. É através do espelho que a pessoa se vê, e, no mais, também enxerga o que carrega atrás. Minha curiosidade mantinha erguida a decisão de continuar seguindo aquele homem. Era uma vontade maior que a branquitude do meu documento de nascença, do vazio de filiação, que nunca parou de embranquecer.

O homem lia a terra e, quando terminou, acarinhou o chão, fazendo com que as palavras se desfizessem de uma vez, como se o chão devorasse aquela saudade. Diante do seu pessoal mistério, passei a admirá-lo ainda mais. Passei a querer inventar sua herança nas minhas lembranças.

Peguntei se ele tinha um filho ou um irmão, um pai ou uma mãe. Quis saber se ele tinha guardado algumas pegadas de gente da sua família. Ele me chamou para seguir com ele. Atravessamos uma trilha, e, em meio a um matagal, pasmei ao ver grande quantidade de gravetos a marcar um sem-número de pegadas enterradas. Ele se aproximou de uma delas e se ajoelhou, acariciando a terra. Da mesma forma que se sucedeu na outra vez, o chão tremeu e escreveu seus recados, que, dessa vez, pude ler. *O desfazimento de uma mulher-mãe não pode te doer pra sempre. Meu filho, meu medo é tua secura ganhar outros sertões e te empedrar no inteiro. O amor é nossa melhor água, mata muitas sedes. Às vezes, são esses afogamentos que nos salvam.*

Mais uma vez, tive o coração siderado com as palavras se marcando na terra, no recado de seu pai. Eu, recente, já me desconhecia! Emprestava tento igual aos seus apuros de não poupar silêncios, mas de saber ler a terra. Acabei por tropeçar num realfabetizar, no de novo das letras. É flagroso esse milagre de se inventar.

Ao notar que, depois de ler o recado do pai, seus olhos começaram a verter areia, comecei a juntar os pedaços de tudo dentro de mim. O homem eclipsado era atravessado por muitos passos, e, mesmo sem o compreender, passei a entender o seu jeito completo, desúmido. O amor perdeu o mapa daquele homem, nem em esbarrão se cruzaram em esquina do viver. Em meus nós, notei que Serino respirava, mas não pegava o ar. Que ele andava, mas não caminhava. Descobri que aquele homem vagueava em seu próprio mundo, pisava em uma terra sem chão. Temi pelo sofrimento das suas poeiras, na aflição de não verter umidades. O tanto de seu desamor o secou por dentro, já num jeito de não ter volta.

Depois de muito sombrear o homem e partilhar nossos desabitados, já não mentia minhas curiosidades, as perguntas se derramavam. Perguntei se ele havia se casado antes de viver com minha mãe, se havia gostado de alguém.

– *Nunca. Gostar é coisa ocultosa. Não é pra todo mundo.*

No meu silêncio, discordei dele, tinha a suspeita garantida de ser a sorte de qualquer um. Gostar é o outro nome de todo ser humano. Perguntei, na brecha do assunto, então, o que fez ele querer casar com minha mãe. O que, depois de tanto trabalho, com carta, conversa e trato, para se conseguir uma coisa, se explicava razão, senão pelo gostar?

– *Prefere que eu diga a verdade, ou quer que eu não minta?*

– *Prefiro que não minta, porque as verdades podem ser muitas.*

– *Tenho cá minhas dores, coisa que me enxuga a vida, os anos que tenho pela frente. O jeito que eu me sequei por dentro, de chorar e suar meus grãos, foi inventado por mim, mesmo eu não querendo, feito um castigo por provar dos meus amargos. E há muito tempo que isso não faz outra coisa, a não ser piorar.*

– *Eu vi, notei no seu andar.*

– *Já nem ando, arrasto meus pés. Existe coisa pior pr'um homem do que não conseguir mais marcar o chão? Tem pioridade pra alguém, pra mim, d'eu não poder deixar minhas últimas pegadas, sejam vivas ou mortas?! De esperança, tinha a vontade de me curar mais sua mãe, mas nem nisso tive a sorte.*

– *Como?... Você gosta dela, lhe tem amor?*

– *Acreditei poder inventar um gostar, no dia a dia no mesmo lado dela. Um amor de costume, mas não consegui.*

O homem eclipsado estava em seu limite, o sofrimento de tamanha secura lhe dificultava andar, sentar e comer. Mas coisa ainda mais grave estava guardada em seu segredo.

– *Bata em minhas costas, com força.*

Fiz o que ele pediu.

– *Bata com força, mais força!*

Cumpri o pedido. Ele nada sentiu, mas a agressão me fez doer a mão, como se eu tivesse esmurrado uma rocha.

– *Era disso que eu tentei me curar criando um amor de costume. Que não deu certo, nem tem mais jeito...*

Senti no gelo da sua voz a neve do medo. Notei no homem eclipsado, mergulhado nele mesmo, o tanto de desamor que lhe fez ter aquela dureza. Não consegui fingir meu espanto e pena ao saber como sua secura tinha avançado e ganhado solidez. E como continuava a ter, cada vez mais, peso e rocheza d'uma pedra. Por causa disso, ele passou a arrastar os passos e se carquilhar no mover. Serino estava na beira de ser outra coisa, sem deixar pegadas nem histórias.

– *E você, menino, o que te faz ainda seguir na minha sombra? Eu não sou teu pai, e acho que desaprendi o pouco do que isso significa.*

– *Acho que, com tanta diferença, a gente é igual. Eu também quis um gostar emprestado, mas de pai, que nunca tive. Como se consegue um amor de costume?*

– *Tem pergunta que é resposta. Faço cabimento de não saber, pena, queria.*

Dali por diante, já não me escondia no seu encalço. Em nossa usança, todos os dias caminhávamos juntos, num andar cada vez mais lento, no arrastar de pés e de futuro, até o cemitério de pegadas.

Serino já não se dobrava sozinho para tocar o chão. Com muque e providência, eu ajudava o homem a se curvar e ler as páginas da terra. No tremelicar da areia, mais e mais recados, de um povo que há muito ali viveu, surgiam diante de nós. Serino seguia na prazerança de folhear os segredos das pegadas, as saudades de seus calçantes. Ele já não podia sorrir ou expressar desalegrias, por causa do rosto endurecido, mas sabia eu que ele tinha gosto por cada palavra que os diários das tantas pegadas contavam.

Com o tempo, a dureza lhe atravancou a garganta e empedrou a voz. Conversávamos através dos olhos, que pouco se moviam, mas a tudo eu entendia. As suas vontades e os seus desquereres, eu já sabia de cor. Sem poder andar, passei a levar Serino num carrinho de obra até o cemitério de pegadas. Minha mãe se habituou com o jeito de nós dois, do modo de nos emprestar para o outro, da nossa amizade de costume.

– *Filho, admiro o auxílio na ajuda de Serino. Acho que você se saiu bem no ensaio de filho.*

– *Ele não é meu pai, mãe, e isso não é um ensaio. É bom olhar e ver nossas pegadas, notar as pegadas que eu não tinha.*

O simples trajeto até o cemitério de pegadas se tornou bastante cansativo, por causa do peso de Serino. Ainda que o homem tivesse o mesmo traço de corpo, seu peso aumentou na medida de multiplicados dele.

O pôr do sol tingia o horizonte, enquanto eu coloria o silêncio que ameaçava descorar nossas conversas. Num triscar d'um desassossego, Serino começou a tentar me dizer algo. Busquei alternativas comuns em nossa rotina, na intenção de decifrar o seu querer, mas sem sucesso. Nem mesmo os piscares de olhos, código criado por nós, resultou, pois suas pálpebras, rijas, não mais se mexiam. A agonia do homem eclipsado diante daquela incomunicação também me pruridava a angústia. Mas, num lampejo do pensar, compreendi o que ele queria, ao notar seu olhar aferrado ao chão.

Com esforço, coloquei Serino em pé e, na urgência dos meus olhos, notei seu alívio. Empurrei suas pernas, ajudando-o a dar um passo e a marcar sua pegada. Senti um torcido no peito diante da impossibilidade de ele se curvar e apalpar o chão para folhear as páginas da terra. Em seu olhar, pude ouvir um pedido, que temi cumprir, mas não podia negar.

Curvei meu corpo até o rasteiro do chão e procurei em seu olhar a aprovação para o que pretendia fazer. Então, na plumeza da minha mão, acariciei a terra, que, ao me sentir, respondeu com seu tremular para mim, pela primeira vez. Maravilhado, vi surgir as palavras no chão, um diário escrito por invisíveis dedos. Serino confiava a mim sua pior dor e a melhor saudade, partilhava comigo seu maior sonho e o último pensamento. O amor, naquele homem, foi desinventado. Serino deixava no diário da terra suas derradeiras palavras, seu último segredo, negando a mim qualquer alternativa senão atender ao seu pedido.

Com os olhos úmidos, fui me afastando dele a caminhar sem olhar para trás, na saudade que já começava. Serino conhecia o seu destino, e tranquilo gostou de se tornar rocha, de compor a paisagem conquistada, seu horizonte de costume.